# 日常生活日本語

Everyday Japanese for Beginners

川口 良 著

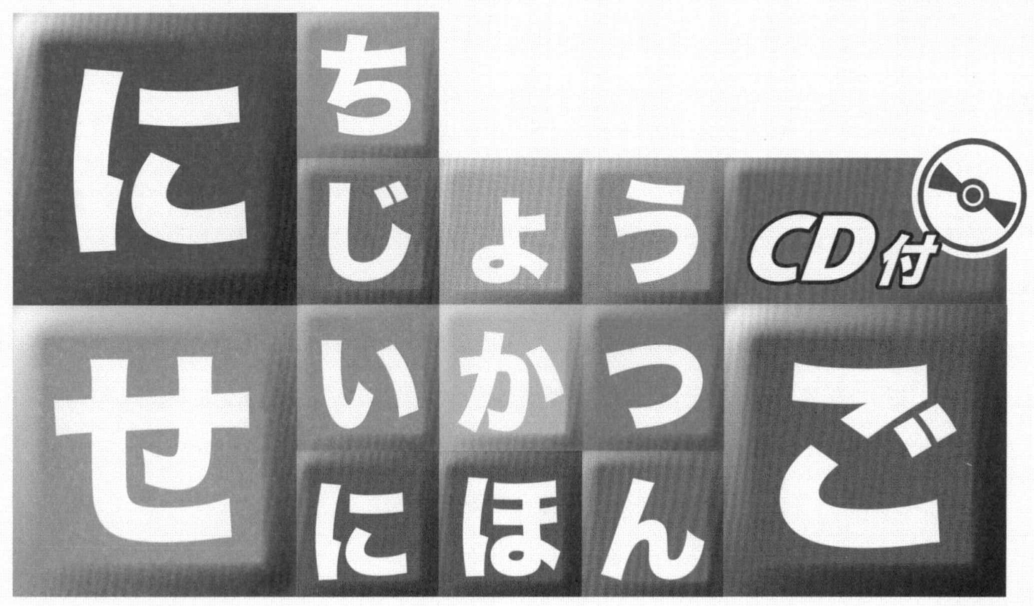


大新書局　印行

# はじめに

「日本へ行って日本語で話をしたい」、「仕事で日本語が必要になった」、「日本のテレビドラマや映画を日本語で理解したい」、「日本の漫画を読みたい」、などなど、日本語を学びたいと思う人の動機はさまざまでしょう。本書は、日本語を初めて学習する全くの初心者を対象に、会話で使われる日本語を身につけることを目的として作成された初級日本語教科書です。「話す」ため「聞く」ための練習を中心として、会話を通して生きたコミュニケーション能力を養うことを目指しています。そのため、できるだけ実際の生活場面で使われるものに近い「生きた日本語」を、会話文の中に再現するように努めました。

本書はまた、初心者用の日本語教科書ですから、日本語の文法をきちんと理解することも重要なことと考え、できるだけわかりやすく日本語文法の説明をすることを心がけました。ですから本書は、クラス授業、プライベート・レッスンはもちろん、1人でも学習することができます。一通り学習が終わったら、第2冊の最後の「復習テスト」で自分の到達度をチェックしてみてください。日本語能力試験の４級（Ｎ５）レベルの文法項目が習得されているはずです。

本書の「会話」の主人公は、ビジネススクールの研修生として日本の企業にやって来た台湾人のチンさんです。チンさんが日本の社会で遭遇するさまざまな場面を想定して、各課の会話文は進んでいきます。日常会話で使われる日本語にはいろいろなものがありますが、本書ではこのような設定の下、日本で暮らす社会人として必要な日本語を中心に扱っています。チンさんは会社に行ったり、買い物をしたり、郵便局へ行ったり、友人と映画を見たり、飲みに行ったりします。そのような、日本で毎日日本語を使いながら、仕事をし、生活をしているチンさんといっしょに、「生きた日本語」を楽しく学んでみませんか。

2010年1月

川口　良

# 前言

「想去日本，並跟當地人溝通」、「因為工作需要，必須會日語」、「想聽懂日劇、日本電影裡的日語」、「想看懂日語漫畫」等，每個人學習日語的動機想必各有不同。本書針對所有剛開始接觸日語的初學者，以學習會話中常用的日語表現為目的，所編寫而成的一本初級日語教科書。書中練習著重加強日語「聽」、「說」能力，旨在透過對話練習培養實際會話的能力。因此，在會話內容的設計上，也儘量取自日常生活中常用的「生活日語」。

此外，由於是專為初學者設計的教材，讓學習者清楚理解日語文法也十分重要，因此在文法的解說方面也力求清楚易懂。本書不僅適合作為授課教材，也可作為日語自修參考書。學完全部的課文內容後，請試著做做看第二冊最後面的「複習測驗」，確認自己的學習情況，學完後的程度應可完全理解日本語能力試驗四級（N5）的文法。

本書「會話」部分的主角是以商業學校研修生身分前往日本企業的台灣人——陳先生，每一課的會話內容，就是根據陳先生在日本社會中可能遇到的情況所編寫的。儘管日常會話中使用的日語表達方式繁複，本書基於情境設定的關係，僅以在日本生活的社會人士日常會話內容為主，圍繞在陳先生上班、買東西、去郵局、和朋友看電影、喝酒等情境。請大家跟著這位在日本工作、生活，每天用日語和人溝通的陳先生，一起快樂地學習「生活中的日語」吧！

2010年1月

川口 良

# この教科書の特徴と使い方

## 1．この教科書の特徴

本書は、初めて日本語を学ぶ人を対象として、日本語の最も基本的な構造を「生きた日本語会話」の中で学びながら、初級前半レベルの日本語会話力を身につけることを目的としています。本書２冊分、全 15 課を 150 時間程度で学習することによって、日本語能力試験４級（N5）レベルの日本語能力が身につくように構成されています。

会話文はできるだけ実際に使われている日本語を再現するように努め、その言語表現がどのような場合に用いられ、どのような機能を果たしているのか、その言いまわしを発するときの話し手の気持ちや、それを聞いたときの聞き手の気持ちなどについて、「コミュニケーション・ノート」を設けて説明しました。実際の会話場面におけるコミュニケーション能力を養うという主旨から、会話文のすぐあとにこの「コミュニケーション・ノート」を配置し、そのあとに「会話練習」を置きました。これは、その言語表現の機能を十分に認識した上で会話の練習が行えるように工夫したものです。

文法については、「会話練習」のあとで確認するように、「文法ノート」の部分で詳しく説明しています。ですから、この教科書を使って独学することも可能です。

## 2．この教科書の構成と使い方

### (1) 日本語の概説

第１課に入るまえに、この「日本語の概説」をよく読んでください。ここでは、日本語について基本的な事柄を以下の順序で説明しています。

#### ① 日本語の音節表（五十音図）

日本語の音の種類は比較的少なく、この音節表に示されたものだけです。まずは、この五十音図をよく覚えましょう。

#### ② 発音

「音節表（五十音図）」に示された日本語の音について説明しています。先の五十音図を見て実際に発音しながら読んでください。

③ アクセント

日本語を発音するときのアクセントについて説明しています。「例」にあがっている語を声に出して言ってみましょう。

④ 表記法

日本語の文字の種類とその使い方について説明しています。

### (2) 登場人物の紹介

この教科書の会話文に登場する人々について紹介しています。主人公は台湾人の「チンさん」です。チンさんを取り巻く人々の立場をよく理解した上で、勉強を始めてください。

### (3) 日本語お役立ち情報

それぞれの課に関係したことばや言いまわしを「日本語お役立ち情報」として紹介しました。第１課のあとには、「知っておくと便利な決まり文句」として「あいさつのことば」を紹介しています。それぞれの場面で使われる「知っておくと役に立つ日本語」を、ここで学ぶことができます。

### (4) 各課の構成

① 単語

「会話」・「会話練習」に出てきた新出単語に中国語訳をつけて取りあげました。「会話」のＣＤを聞くまえに、あるいは聞きながら、ここを見るとよいでしょう。また、「会話練習」のまえには、単語の意味を理解してから、練習したほうがいいでしょう。

② この課の目標／キー・センテンス

それぞれの課で学習する言語表現について、その機能と言語構造（文型）の観点から、前者を「この課の目標」、後者を「キー・センテンス」として示しました。

③ 会話

その課で学ぶ言語機能や言語形式がよく現れる、日常生活の中のある場面を設定して、その場面におけるモデル会話として、３つから４つの短い会話文を紹介しています。初めにＣＤをよく聞いてください。そのあと、ＣＤのあとに続けてくり返して言ってみましょう。

### ④ コミュニケーション・ノート

「会話」で使われている表現がその文脈で果たしている機能について説明しています。実際に交わされる「生きた会話」では、相手の言ったことが聞き取れなかったり、すぐには返事ができなかったり、相手と関わっていく間にいろいろなことが起こります。そんなとき、どのような日本語表現を使って解決していけばよいのでしょうか。ここではそのような解決策のヒントとして、「こんなときにこの表現が使われる」といった説明をしています。「コミュニケーション・ノート」を読んだあと、もう１度「会話」部分をＣＤで聞いてください。「会話」の場面が、「生きた日本語」としてより生き生きと想像されると思います。

### ⑤ 会話練習

「会話」に出てきた表現を使って、会話の１つのパターンとして、短いディスコースを示しました。入れ替え語句を使って会話の練習をしたあと、好きな語句を入れて話してみましょう。１人で練習する場合は、ＣＤを使って、Ａの発話のあとＣＤを止めてＢの発話を言ってみてください。次は逆にして、Ａの発話を言ったあとＣＤを聞きましょう。もちろん、教科書は見ないで練習します。

### ⑥ 文法ノート

「会話」で使用された文法事項について、説明しています。ここまで、聞いて話す練習をしてきましたが、日本語の言語構造と文法の規則について、「文法ノート」をよく読んで、理解してください。

### ⑦ 発音練習

その課に出てくる単語の発音の仕方が示されています。できれば、各課の初めに、日本語の口ならしとして、この「発音練習」を行うことをお勧めします（意味を理解する必要はありません）。声に出して言ってみましょう。「日本語の概説」の中の「発音」の説明にあるように、日本語は１拍ずつ「高」と「低」の高さをもち（高低アクセント）、その１拍１拍は均等の長さで発音されます。以下のように太字で示される部分が、「高」の部分です。

例　　く**に**、し**ごと**、は**じめま**して

⑧聞き取りクイズ

その課の復習として、長めの会話文を聞いて聞き取りの練習をしてください。ＣＤを聞いたあと、質問に答えましょう。問題が終わったら、ＣＤのあとにくり返して話してみましょう。

## (5) 練習

それまで勉強したことの復習ができるように、練習問題を作りました。文法に関する単純な文型練習は、各課の中では行わず、この「練習」で行うようになっています。各問題には、その文法項目が出てきた課が※部分に示されているので、それぞれの課に戻って復習するとよいでしょう。また、それぞれの課が終わったあと、「練習」の当該課の問題を使って練習し、言語形式の正確さを身につける練習をしてもよいと思います。

それでは、チンさんといっしょに、日本語を聞いて、日本語で話してみましょう。

# 本教材的特色與使用方法

## 1．本教材的特色

本書乃針對日語初學者所設計，旨在從「生活日語會話」中學習日語最基本的句子結構，習得初級前半程度的日語會話能力。本書 2 冊，共 15 課，學習時數約 150 小時，課程結束後應具備日本語能力試驗 4 級（N5）的日語程度。

會話內容儘量如實呈現日常生活中實際使用的說法，並附有「會話筆記」單元，說明該會話表達方式的使用情境、使用功能、說話者當時的心情，以及聽話者聽到後的感受與反應等。為培養實際會話時的溝通能力，本書特別採用在會話內容後附上「會話筆記」與「會話練習」的編排方式，讓學習者在充分理解句型含意與用法之後，能夠立刻進行會話練習。

在文法解釋方面，「會話練習」之後的「文法筆記」單元也有完整詳細的說明可供參考。因此，本書不僅適合作為課堂教材，也可作為自修日語之用。

## 2．本教材的結構與使用方法

### (1) 日語概論

在進入第一課之前，請先詳細閱讀「日語概論」部分。內容依以下順序說明學習日語必備的基本知識：

① 日語音節表（五十音圖）

日語中的發音種類較少，僅有音節表中的數種。在學日語之前先把五十音圖牢牢記住吧！

② 發音

針對「音節表（五十音圖）」中的日語發音方式加以說明，請對照五十音圖，邊試著發音，邊閱讀本段內容。

③ 重音

針對日語發音時的重音加以說明。試著發出聲音唸唸看「例」中的詞彙。

④ 文字表示法

針對日語的文字種類、使用方式加以說明。

### (2) 登場人物介紹

針對本教材會話內容中出現的人物加以介紹。會話主角是台灣人陳先生，請先充分了解陳先生身邊人物的身分與立場，再開始學習對話內容。

### (3) 實用日語資訊

穿插於各課中的「實用日語資訊」單元，旨在補充與課文內容有關的詞彙、說法。例如第１課後「不可不知的固定說法」中介紹「打招呼用語」。在這個單元裡也可以學到各種會話情境下的「常用日語表達方式」。

### (4) 各課的組成內容

#### ① 單字

列出「會話」及「會話練習」中出現的新單字，並加註中文翻譯。建議在聆聽「會話」ＣＤ之前先閱讀本單元，或邊聽ＣＤ邊閱讀參考。此外，在做「會話練習」之前，最好先理解單字的意思之後，再進行練習。

#### ② 本課目標／重點句型

分別從會話功能及文法構造（句型）兩個角度分析各課中的會話表現，前者歸納於「本課目標」，後者則整理在「重點句型」單元。

#### ③ 會話

將該課教學重點之語言功能與表現形式套入日常生活會話情境，並介紹３～４個適用於該情境的典型短篇會話。一開始請先仔細聆聽ＣＤ內容，再跟著ＣＤ一起練習說。

#### ④ 會話筆記

針對「會話」中出現的句型表現，說明其表達功能。日常生活的「實際對話」中往往會出現聽不懂對方在說什麼、沒辦法立刻回答之類的種種狀況。遇到這種情況的時候應該怎麼應對呢？本單元特別針對這種情況提供解決的技巧，提出「這個時候應該這麼說」之類的說明。閱讀「會話筆記」之後，請再聽一次「會話」部分的ＣＤ內容，會比較容易想像「會話」應用在「日常對話」中的情形。

⑤ 會話練習

運用「會話」中出現的表達方式，列舉單一句型以對話形式加以呈現。替換語詞進行練習之後，可代入自己想要説的內容説説看。一個人練習的時候也可利用ＣＤ做練習，聽完 Ａ 的部分後暫停ＣＤ，然後練習説Ｂ的內容，接著反過來，練習説Ａ的部分後，再聽ＣＤ。會話練習請在不看書本的情況下進行。

⑥ 文法筆記

針對「會話」中出現的句型文法加以説明。在閱讀本單元之前，應已進行了聽力和口説方面的練習，請詳細閱讀「文法筆記」單元，進一步理解日語的句型構造和文法規則。

⑦ 發音練習

標明該課出現的單字及其發音規則。建議學習者在進入各課之前先做本單元的發音練習，作為説日語的發聲練習（可不必先理解單字的意思）。試著發出聲音説説看吧。如「日語概論」中的「發音」單元所述，日語中的每個單音都有「高」和「低」的音調區分（高低重音），每個單音節拍都以相同的長度發音。以下範例中粗體字的部分即表示「高」的重音。

例　く**に**、　し**ごと**、　は**じめま**して

⑧ 聽力問題

各課最後附有較長篇的會話，可練習聽力並作為課後複習。請在聽完ＣＤ後回答問題，問題答完後再跟著ＣＤ多做幾次會話練習。

(5) 練習

為了讓學習者有機會複習所學的內容，書中附有練習問題。課文中關於文法的簡單句型練習，均統一收錄在此。問題中以 ※ 標示出該文法句型分別出自哪一課，以便查閱複習。也可以於每學完一課後立即翻至該課的「練習」部分，以加強文法句型的熟悉度為目的作練習。

那麼，就請大家跟著陳先生一起聽日語，説日語吧！

# ページ上でのペン機能
じょう　きのう

## 第1課 自己紹介する
だい　か　じこしょうかい

自我介紹

點選課別，會唸該課別。

點選標題，會唸該標題。

### 単語・表現 04
たんご　ひょうげん

❖会話❖
かいわ

點選 ❖会話❖ ，會唸出 ❖会話❖ 全部的單字。

| | | |
|---|---|---|
| 1. じこしょうかいします | 自己紹介します | 自我介紹 |
| 2. パーティー | | 宴會、派對 |
| 3. はじめまして | | 初次見面 |
| 4. わたし | 私 | 我 |
| 5. あ | | 啊（聽到對方説話時的回應） |
| 6. ～さん | | 先生／小姐 |
| 7. どうぞ　よろしく | | 請多指教 |

點選單字，會唸該單字。

●自己紹介する●

自己紹介してみましょう。（試著自我介紹吧。） 05
じこしょうかい

點選日文句子，會唸出該句子。

① わたしは学生です。／じゃありません。
がくせい
② チンさんのお国は？
くに
③ チンさんは学生ですか。
がくせい

點選日文標題，會唸此標題和整篇會話。

パーティーで　宴會上

點選 1 ，整篇會話全部朗讀。

1

田中：はじめまして。（わたしは）田中です。
たなか　たなか
チン：あ、はじめまして、チンです。
田中：チンさんですか。どうぞよろしく。
たなか
チン：こちらこそ、どうぞよろしく。

田中：初次見面，敝姓田中。
陳　：啊，初次見面，敝姓陳。
田中：是陳先生啊，請多指教。
陳　：彼此彼此，請多指教。

點選人名，會唸出此人所講的整段會話。

點選日文句子，會唸出該句子。

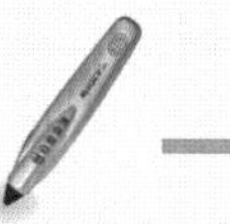

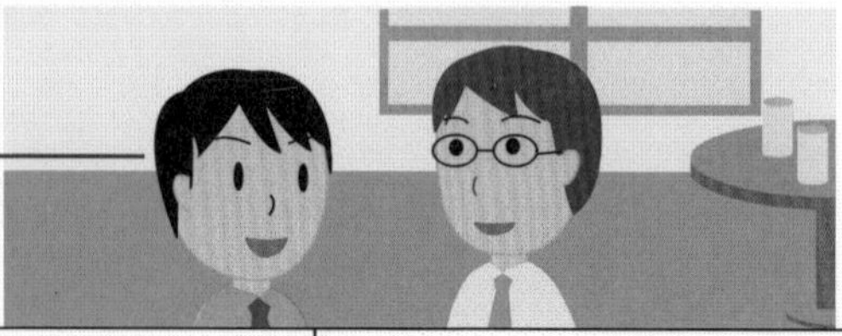

點選插圖中的人物，會唸出此人所講的會話。

●自己紹介する●

### コミュニケーション・ノート

パーティーで

點選日文句子，會唸出該句子。

1

❖ はじめまして。

對第一次見面的人説的一般寒暄用語。

❖ 田中です。
たなか

「（わたしは）田中です（我是田中）」的意思。句型為「N（名詞）是N（名詞）」，自我介紹的時候經常省略「わたしは（我是）」。※參考文法筆記

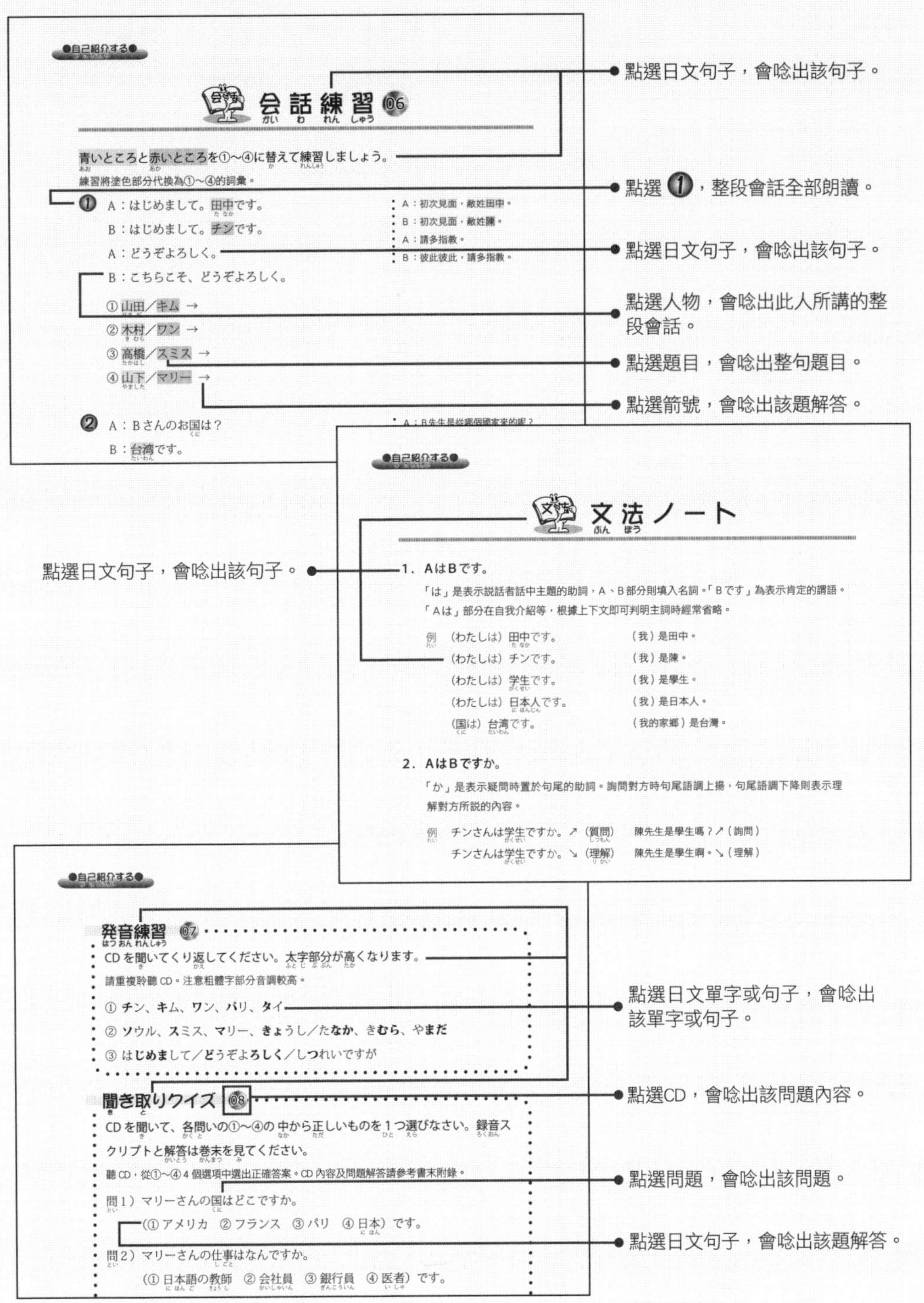
點選日文句子，會唸出該句子。
點選 ❶，整段會話全部朗讀。
點選日文句子，會唸出該句子。
點選人物，會唸出此人所講的整段會話。
點選題目，會唸出整句題目。
點選箭號，會唸出該題解答。
點選日文句子，會唸出該句子。
點選日文單字或句子，會唸出該單字或句子。
點選CD，會唸出該問題內容。
點選問題，會唸出該問題。
點選日文句子，會唸出該題解答。

# 目次

# 日本語（にほんご）の概説（がいせつ）

## 1．日本語（にほんご）の音節表（おんせつひょう）　五十音図（ごじゅうおんず）

### (1) 清音（せいおん） 01

| | あ段 | | | い段 | | | う段 | | | え段 | | | お段 | | |
|---|---|---|---|---|---|---|---|---|---|---|---|---|---|---|---|
| | ひらがな | カタカナ | ローマ字 | ひらがな | カタカナ | ローマ字 | ひらがな | カタカナ | ローマ字 | ひらがな | カタカナ | ローマ字 | ひらがな | カタカナ | ローマ字 |
| あ行 | あ | ア | a | い | イ | i | う | ウ | u | え | エ | e | お | オ | o |
| か行 | か | カ | ka | き | キ | ki | く | ク | ku | け | ケ | ke | こ | コ | ko |
| さ行 | さ | サ | sa | し | シ | shi | す | ス | su | せ | セ | se | そ | ソ | so |
| た行 | た | タ | ta | ち | チ | chi | つ | ツ | tsu | て | テ | te | と | ト | to |
| な行 | な | ナ | na | に | ニ | ni | ぬ | ヌ | nu | ね | ネ | ne | の | ノ | no |
| は行 | は | ハ | ha | ひ | ヒ | hi | ふ | フ | fu | へ | ヘ | he | ほ | ホ | ho |
| ま行 | ま | マ | ma | み | ミ | mi | む | ム | mu | め | メ | me | も | モ | mo |
| や行 | や | ヤ | ya | (い) | (イ) | i | ゆ | ユ | yu | (え) | (エ) | e | よ | ヨ | yo |
| ら行 | ら | ラ | ra | り | リ | ri | る | ル | ru | れ | レ | re | ろ | ロ | ro |
| わ行 | わ | ワ | wa | (い) | (イ) | i | (う) | (ウ) | u | (え) | (エ) | e | を | ヲ | o |

### (2) 濁音（だくおん）・半濁音（はんだくおん） 02

| | ひらがな | カタカナ | ローマ字 | ひらがな | カタカナ | ローマ字 | ひらがな | カタカナ | ローマ字 | ひらがな | カタカナ | ローマ字 | ひらがな | カタカナ | ローマ字 |
|---|---|---|---|---|---|---|---|---|---|---|---|---|---|---|---|
| が行 | が | ガ | ga | ぎ | ギ | gi | ぐ | グ | gu | げ | ゲ | ge | ご | ゴ | go |
| ざ行 | ざ | ザ | za | じ | ジ | ji | ず | ズ | zu | ぜ | ゼ | ze | ぞ | ゾ | zo |
| だ行 | だ | ダ | da | ぢ | ヂ | ji | づ | ヅ | zu | で | デ | de | ど | ド | do |
| ば行 | ば | バ | ba | び | ビ | bi | ぶ | ブ | bu | べ | ベ | be | ぼ | ボ | bo |
| ぱ行 | ぱ | パ | pa | ぴ | ピ | pi | ぷ | プ | pu | ぺ | ペ | pe | ぽ | ポ | po |

## (3) 拗音(ようおん) 03

| ひらがな | カタカナ | ローマ字 | ひらがな | カタカナ | ローマ字 | ひらがな | カタカナ | ローマ字 |
|---|---|---|---|---|---|---|---|---|
| きゃ | キャ | kya | きゅ | キュ | kyu | きょ | キョ | kyo |
| ぎゃ | ギャ | gya | ぎゅ | ギュ | gyu | ぎょ | ギョ | gyo |
| しゃ | シャ | sha | しゅ | シュ | shu | しょ | ショ | sho |
| じゃ | ジャ | ja | じゅ | ジュ | ju | じょ | ジョ | jo |
| ちゃ | チャ | cha | ちゅ | チュ | chu | ちょ | チョ | cho |
| ぢゃ | ヂャ | ja | ぢゅ | ヂュ | ju | ぢょ | ヂョ | jo |
| にゃ | ニャ | nya | にゅ | ニュ | nyu | にょ | ニョ | nyo |
| ひゃ | ヒャ | hya | ひゅ | ヒュ | hyu | ひょ | ヒョ | hyo |
| びゃ | ビャ | bya | びゅ | ビュ | byu | びょ | ビョ | byo |
| ぴゃ | ピャ | pya | ぴゅ | ピュ | pyu | ぴょ | ピョ | pyo |
| みゃ | ミャ | mya | みゅ | ミュ | myu | みょ | ミョ | myo |
| りゃ | リャ | rya | りゅ | リュ | ryu | りょ | リョ | ryo |

## (4) 撥音(はつおん)

| ひらがな | カタカナ | ローマ字 |
|---|---|---|
| ん | ン | n |

## (5) 促音(そくおん)

| ひらがな | カタカナ | ローマ字 |
|---|---|---|
| っ | ッ | p,t,s,k |

※ シェ、チェ、ツァ、ティ、ツェ、ツォ、ファ、フィ、フェ、フォ、ジェ、ディ、デュ雖然未收錄於上表之中，但常用來標示外來語。

## 2．発音

### (1)「かな」と拍

上節中介紹的「假名」即為日語中最小的發音單位，每一個「假名」的發音長度均相同，一個「假名」的發音長度即為一拍。日語的母音有あ（a）、い（i）、う（u）、え（e）、お（o）5個，其他音例如か（ka）、き（ki）、く（ku）、け（ke）、こ（ko），則是以子音（k）搭配母音（a／i／u／e／o）組合而成，每個音的發音長度都是一拍。含有母音「a」的橫列稱為「ア段」（あa，かka，さsa，たta，なna，はha，まma，やya，らra，わwa），含有母音「i」的橫列稱為「イ段」（いi，きki，しshi，ちchi，にni，ひhi，みmi，りri），含有母音「u」的橫列稱為「ウ段」（うu，くku，すsu，つtsu，ぬnu，ふfu，むmu，ゆyu，るru），含有母音「e」的橫列稱為「エ段」（えe，けke，せse，てte，ねne，へhe，めme，れre），含有母音「o」的橫列稱為「オ段」（おo，こko，そso，とto，のno，ほho，もmo，よyo，ろro，をwo）。本音節表在學習動詞變化時十分重要，請務必熟記。

### (2) 特殊拍

①「きゃ、きゅ、きょ」之類結合小的「ゃ、ゅ、ょ」的音（拗音），舉「きゃ」為例，雖然由兩個「假名」組成，發音時仍只發一拍的音。

例　きゃ・く（客）客人 2拍　　き・や・く（規約）規章 3拍

じゅ・う（十）十 2拍　　じ・ゆ・う（自由）自由 3拍

②「ん（n）」是唯一一個沒有搭配母音且發一拍長度的音（撥音）。隨著「ん」出現的位置不同，其發音方式有以下幾種變化：

・m、p、b之前　→　m（緊閉雙唇）

例　うんめい（運命）命運 ummee　　さんぽ（散歩）散步 sampo

たんぼ（田んぼ）水田 tambo

・n、t、ts、ch、d、r、z、j之前　→　n（舌頭抵住牙齒內側）

例　あんない（案内）引導 annai　　はんたい（反対）反對 hantai

はんつき（半月）半個月 hantsuki　　だんち（団地）住宅區 danchi

げんだい（現代）現代 gendai　　しんるい（親類）親屬 shinrui

かんじ（漢字）漢字 kanji

・k、g、ng之前　→　ng（堵住喉嚨氣流發出的鼻音）

例　けんこう（健康）健康 kengkoo　　げんご（言語）語言 genggo

・字尾　→　N（懸雍垂與舌根輕輕接觸發出的鼻音）

例　えん（円）日圓 eN　　ほん（本）書 hoN

きけん（危険）危險 kikeN

・母音、半母音之前 → 變成與連接的母音、半母音相同或近似的鼻母音（ṽ）。

例　れんあい（恋愛）戀愛 reãai　　ぜんい（善意）善意 zeĩi

こんわく（困惑）困惑 kow̃waku

插入「ん」後，字彙的意義將大不相同。

例　こな（粉）粉末 kona — こんな 這樣的 konna

じぶん（自分）自己 jibun — じんぶん（人文）人文 jinbun

げき（劇）戲劇 geki — げんき（元気）精神 genki

せそう（世相）社會情況 sesoo — せんそう（戦争）戰爭 sensoo

③ 小的「っ」是只會出現在無聲子音（k、s、t、p）之前的音（促音），並不會出現在字首。發音與其後的子音相同，但停頓一拍。

例　がっこう（学校）學校 gakkoo　　しっぱい（失敗）失敗 shippai

けっせき（欠席）缺席 kesseki　　いっとう（一等）一等 ittoo

插入「っ」後，字彙的意義將大不相同。

例　おと（音）聲音 oto — おっと（夫）丈夫 otto

うた（歌）歌曲 uta — うった（売った）賣了 utta

いた 曾經在 ita — いった（言った）説了 itta — いった（行った）去了 itta

した（下）下面 shita — 知った 知道了 shitta

④ 母音一拍和同樣的音延長一拍，這樣的組合叫做長音，也就是同一個母音延續兩拍。

例　おかあさん（お母さん）媽媽 okaasan　　おにいさん（お兄さん）哥哥 oniisan

おねえさん（お姉さん）姊姊 oneesan　　おおきい（大きい）大的 ookii

おとうさん（お父さん）爸爸 otoosan　　がっこう（学校）學校 gakkoo

とけい（時計）鐘 tokee　　えいが（映画）電影 eega

＊「おとうさん」～「えいが」的寫法和發音比較不同（「おう→oo」、「えい→ee」），要注意發音方式。

加上長音後，字彙的意義將大不相同。

例　おばさん（伯母さん）姑姑、阿姨 obasan — おばあさん（お婆さん）奶奶 obaasan

ゆき（雪）雪 yuki — ゆうき（勇気）勇氣 yuuki

おじさん（伯父さん）伯伯 ojisan — おじいさん（お爺さん）爺爺 ojiisan

くろ（黒）黑色 kuro — くろう（苦労）辛苦 kuroo

ここ 這裡 koko — こうこう（高校）高中 kookoo

⑤ 無聲子音（k、s、t／ch、p、h／f）之間的母音「i」、「u」或字尾的「u」有時無聲化。

例　くすり（薬）藥 kusuri　　ふたり（2人）兩個人 futari

ちかい（近い）近的 chikai　　ひと（人）人 hito

きく（聞く）聽 kiku　　～です 是～ desu

⑥ 例如「が」之類在「か」右上方加「゛」（濁點）的稱為濁音。加上濁點後，字彙的意思也不相同，必須特別注意。

例　あし（足）腳 ashi — あじ（味）味道 aji

たいがく（退学）退學 taigaku — だいがく（大学）大學 daigaku

ちきゅう（地球）地球 chikyuu — じきゅう（時給）時薪 jikyuu

はしる（走る）跑 hashiru — はじる（恥じる）慚愧 hajiru

## 3．アクセント

日語的重音為高低重音，即每一拍的發音有相對的高低之分。標準重音（東京重音）裡第一拍和第二拍的高低一定有所不同，一個字彙裡只有一個高的部分。

例　**あ**め（雨）雨　　あ**め**（飴）糖果　　な**まえ**（名前）名字

た**ま**ご（卵）雞蛋　　**て**んき（天気）天氣　　に**ほんご**（日本語）日語

た**いわ**ん（台湾）台灣　　せ**んせ**い（先生）老師　　ひ**こ**うき（飛行機）飛機

## 4．表記法

日語的文字有平假名、片假名、漢字三種，標示的時候通常三種寫法並用。平假名用來表示和語（原本就是日語的辭彙），漢字用來表示漢語（由中國傳入的辭彙），片假名則用來標示中文以外的外來語（西洋語）。

例　山田 さんは スミス さんに 会 いました。　　山田先生遇到了史密斯先生。

漢字　平假名　片假名　平假名　漢字　平假名

平假名、片假名所表示的音通常只有一個，只有「は」和「へ」在做為助詞的時候分別讀作「wa」和「e」。

例　田中さんは会社へ行きました。　　田中先生去了公司。

（は：wa　へ：e）

此外，「を」和「お」一樣以「o」音來標示，但只能做為助詞使用。

例　日本語を勉強します。　　學習日語。

（を：o）

# 登場人物の紹介

### チンさん

台湾から日本の企業に勉強に来た研修生。ビジネススクール研修生として、東京の貿易会社 IK 商事でマーケティングの研修をしている。（25 歳）

從台灣到日本的公司進行學習的研修生。目前以商務學校研修生的身份，在東京的貿易公司 IK 商務公司學習市場貿易。（25 歲）

### 田中さん

チンさんの会社の取引先の ABC 電気の社員。（34 歳）

與陳先生的公司在生意上有所往來的 ABC 家電的員工。（34 歲）

### 山本さん

チンさんの会社の同僚。（28 歳）

陳先生的公司同事。（28 歲）

### 木村さん

チンさんの会社の同僚。（24 歳）

陳先生的公司同事。（24 歲）

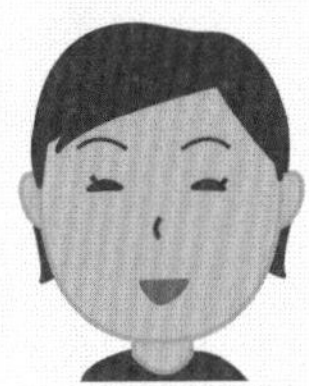

### 渡辺さん

チンさんの会社の同僚。（38 歳）

陳先生的公司同事。（38 歲）

### 鈴木さん

チンさんの会社の同僚。（25 歳）

陳先生的公司同事。（25 歲）

### パクさん

チンさんの学生時代からの友人。韓国人。韓国語の教師。（26 歳）

陳先生自學生時代結識至今的朋友。韓國人。韓語教師。（26 歲）

# 第1課 自己紹介する
じこしょうかい

自我介紹

## 単語・表現 04

### ❖ 会話 ❖

| | | |
|---|---|---|
| 1. じこしょうかいします | 自己紹介します | 自我介紹 |
| 2. パーティー | | 宴會、派對 |
| 3. はじめまして | | 初次見面 |
| 4. わたし | 私 | 我 |
| 5. あ | | 啊（聽到對方説話時的回應） |
| 6. ～さん | | 先生 / 小姐 |
| 7. どうぞ　よろしく | | 請多指教 |
| 8. こちらこそ | | 彼此彼此 |
| 9. （お）くに | （お）国 | 國家、家鄉 |
| 10. たいわん | 台湾 | 台灣 |
| 11. どちら | | 哪個地方 |
| 12. タイペイ | 台北 | 台北 |
| 13. ええと | | 嗯… |
| 14. ああ | | 喔 |
| 15. はい | | 是的 |
| 16. そう | | 如此、這樣 |
| 17. しつれいですが | 失礼ですが | 不好意思 |
| 18. しごと | 仕事 | 工作 |
| 19. ABC でんき | ABC 電気 | ABC 家電（虛擬公司名稱） |
| 20. しゃいん | 社員 | 公司職員 |
| 21. がくせい | 学生 | 學生 |
| 22. いいえ | | 不 |
| 23. IK しょうじ | IK 商事 | IK 商務公司 |

| | | |
|---|---|---|
| 24. けんしゅうせい | 研修生 | 研修生 |
| 25. あっ | | 啊（表示輕微的驚訝） |
| 26. しつれいしました | 失礼しました | 真是抱歉 |

### ❖ 会話練習 ❖

| | | |
|---|---|---|
| 1. かんこく | 韓国 | 韓國 |
| 2. ソウル | | 首爾 |
| 3. にほん | 日本 | 日本 |
| 4. とうきょう | 東京 | 東京 |
| 5. アメリカ | | 美國 |
| 6. ニューヨーク | | 紐約 |
| 7. フランス | | 法國 |
| 8. パリ | | 巴黎 |
| 9. かいしゃいん | 会社員 | 公司職員 |
| 10. ぎんこういん | 銀行員 | 銀行員 |
| 11. べんごし | 弁護士 | 律師 |
| 12. いしゃ | 医者 | 醫師 |
| 13. きょうし | 教師 | 教師 |
| 14. せんせい | 先生 | 老師 |
| 15. かんごし | 看護師 | 護理人員 |

# 自己紹介してみましょう。（試著自我介紹吧。） 05

① わたしは学生です。／じゃありません。

② チンさんのお国は？

③ チンさんは学生ですか。

パーティーで　宴會上

1

田中：はじめまして。（わたしは）田中です。

チン：あ、はじめまして、チンです。

田中：チンさんですか。どうぞよろしく。

チン：こちらこそ、どうぞよろしく。

田中：初次見面，敝姓田中。

陳　：啊，初次見面，敝姓陳。

田中：是陳先生啊，請多指教。

陳　：彼此彼此，請多指教。

## 2

田中（たなか）：チンさんのお国（くに）は？

チン：台湾（たいわん）です。

田中（たなか）：台湾（たいわん）のどちらですか。

チン：台北（タイペイ）です。

田中（たなか）：ええと、たい……

チン：た・い・ぺ・いです。

田中（たなか）：ああ、台北（タイペイ）ですか。

チン：はい、そうです。

田中：陳先生是從哪個國家來的呢？

陳　：台灣。

田中：台灣的哪個地方呢？

陳　：台北。

田中：嗯，台……。

陳　：台．北。

田中：喔，是台北啊。

陳　：是的，沒錯。

## 3

チン：失礼（しつれい）ですが、田中（たなか）さんのお仕事（しごと）は？

田中（たなか）：ABC電気（でんき）の社員（しゃいん）です。チンさんは学生（がくせい）ですか。

チン：いいえ、IK商事（しょうじ）の研修生（けんしゅうせい）です。

田中（たなか）：あっ、失礼（しつれい）しました。研修生（けんしゅうせい）ですか。

チン：はい、そうです。

陳　：不好意思，請問田中先生的工作是？

田中：ABC家電的員工。陳先生是學生嗎？

陳　：不，我是IK商務公司的研修生。

田中：啊，真是抱歉。您是研修生啊？

陳　：是的，沒錯。

# コミュニケーション・ノート

## パーティーで

1

### ❖ はじめまして。

對第一次見面的人説的一般寒暄用語。

### ❖ 田中です。

「（わたしは）田中です（我是田中）」的意思。句型為「N（名詞）是N（名詞）」，自我介紹的時候經常省略「わたしは（我是）」。※參考文法筆記

### ❖ チンさんですか。

「～さん」是最常加在人名之後的敬稱，通常將「さん」加在人名之後稱呼對方，例如「チンさん」。若用「～ですか↘」這種語尾聲調下降的説法，則表示了解對方所説的內容。※參考文法筆記

例　（あなたは）チンさんですか。↘　　（你）是陳先生啊。↘
　　（チンさんは）研修生ですか。↘　　（陳先生）是研修生啊。↘

### ❖ どうぞよろしく。

常用「はじめまして。どうぞよろしく」這樣的組合句型來作為初次見面的寒暄用語。

2

### ❖ お国は？

「～は？」句尾語氣上揚表示疑問，是「～はどこですか（～在哪裡？）」的簡略説法。※參考文法筆記

### ❖ どちらですか。

「どちら」是「どこ」較有禮貌的説法。在句尾加上「か」並將語調上揚，就會變成疑問句。※參考文法筆記

### ❖ ええと

表示正在思考該怎麼説、遲疑的發語詞。也可用於沒聽清楚對方説話內容之類的情況。

### ❖ ああ、台北（タイペイ）ですか。

像「ああ、～ですか↘」這樣句尾語調下降的說法，是表示理解對方所說的內容。

### ❖ はい、そうです。

對以「～ですか」句型提問時的肯定回答。

例（れい）

| | |
|---|---|
| A：チンさんですか。 | A：（請問你）是陳先生嗎？ |
| B：はい、そうです。 | B：是的，沒錯。 |
| A：お国（くに）は日本（にほん）ですか。 | A：（請問你）是從日本來的嗎？ |
| B：はい、そうです。 | B：是的，沒錯。 |

3

### ❖ 失礼（しつれい）ですが

常用於詢問與對方有關的事的問句之前。

### ❖ あっ、失礼（しつれい）しました。

對自己弄錯的事表示歉意的說法。「あっ」表示驚訝的心情。

# 会話練習 06

青いところと赤いところを①～④に替えて練習しましょう。
練習將塗色部分代換為①～④的詞彙。

**1**

A：はじめまして。田中です。
B：はじめまして。チンです。
A：どうぞよろしく。
B：こちらこそ、どうぞよろしく。

A：初次見面，敝姓田中。
B：初次見面，敝姓陳。
A：請多指教。
B：彼此彼此，請多指教。

① 山田／キム →
② 木村／ワン →
③ 高橋／スミス →
④ 山下／マリー →

**2**

A：Bさんのお国は？
B：台湾です。
A：台湾のどちらですか。
B：台北です。

A：B先生是從哪個國家來的呢？
B：台灣。
A：台灣的哪個地方呢？
B：台北。

① 韓国／ソウル →
② 日本／東京 →
③ アメリカ／ニューヨーク →
④ フランス／パリ →

❸ A：失礼(しつれい)ですが、Bさんのお仕事(しごと)は？
B：会社員(かいしゃいん)です。

A：不好意思，請問B先生的工作是？
B：公司職員。

① 銀行員(ぎんこういん) →
② 弁護士(べんごし) →
③ 医者(いしゃ) →
④ 教師(きょうし) →

❹ A：Bさんは学生(がくせい)ですか。
B：はい、そうです。

A：B先生是學生嗎？
B：是的，沒錯。

① 会社員(かいしゃいん) →
② 弁護士(べんごし)さん →
③ お医者(いしゃ)さん →
④ 先生(せんせい) →

❺ A：Bさんは学生(がくせい)ですか。
B：いいえ、研修生(けんしゅうせい)です。

A：B先生是學生嗎？
B：不，我是研修生。

① 会社員(かいしゃいん)／教師(きょうし) →
② 先生(せんせい)／学生(がくせい) →
③ お医者(いしゃ)さん／看護師(かんごし) →
④ 弁護士(べんごし)さん／銀行員(ぎんこういん) →

# 文法ノート

## 1. AはBです。

「は」是表示説話者話中主題的助詞，A、B 部分則填入名詞。「Bです」為表示肯定的謂語。「Aは」部分在自我介紹等，根據上下文即可判明主詞時經常省略。

例
(わたしは) 田中です。　(我) 是田中。
(わたしは) チンです。　(我) 是陳。
(わたしは) 学生です。　(我) 是學生。
(わたしは) 日本人です。　(我) 是日本人。
(国は) 台湾です。　(我的家鄉) 是台灣。

## 2. AはBですか。

「か」是表示疑問時置於句尾的助詞。詢問對方時句尾語調上揚，句尾語調下降則表示理解對方所説的內容。

例
チンさんは学生ですか。↗ (質問)　陳先生是學生嗎？↗ (詢問)
チンさんは学生ですか。↘ (理解)　陳先生是學生啊。↘ (理解)

## 3. チンさんのお国は？

助詞「の」用於連接兩個名詞。「～は？」句尾語調上揚表示疑問，是「～はどこですか (～在哪裡)」的簡略説法。

例
台湾の台北　台灣的台北
田中さんのお仕事　田中先生 (小姐) 的工作
IK 商事の研修生　IK 商務公司的研修生
お名前はなんですか？ → お名前は？　請問您的名字是什麼？ → 請問您的名字是？
お仕事はなんですか？ → お仕事は？　請問您的工作是什麼？ → 請問您的工作是？

## 4. 自分側と相手側の国・職業などの言い方 ／ 自己和對方的國家、職業的說法

在介紹個人的職業、國籍等資訊時，介紹自己和詢問對方的說法有時不太一樣。「お」是加在字首表示尊敬的字，介紹自己時一律不加，詢問對方時則視情況有時加有時不加。

| 自分 | 医者 | 教師 | 弁護士 | 学生 | 国 | 仕事 | 名前 |
|---|---|---|---|---|---|---|---|
| 自己 | 醫生 | 教師 | 律師 | 學生 | 國 | 工作 | 名字 |
| 相手 | お医者さん | 先生 | 弁護士さん | 学生(さん) | お国 | お仕事 | お名前 |
| 對方 | 醫生 | 老師 | 律師 | 學生 | 貴國 | 工作 | 大名 |

## 発音練習 07

CDを聞いてくり返してください。太字部分が高くなります。

請重複聆聽CD。注意粗體字部分音調較高。

① **チ**ン、**キ**ム、**ワ**ン、**パ**リ、**タ**イ

② **ソ**ウル、**ス**ミス、**マ**リー、**き**ょうし／た**なか**、き**むら**、や**まだ**

③ は**じめま**して／**ど**うぞよ**ろしく**／し**つ**れいですが

## 聞き取りクイズ 08

CDを聞いて、各問いの①～④の中から正しいものを1つ選びなさい。録音スクリプトと解答は巻末を見てください。

聽CD，從①～④4個選項中選出正確答案。CD內容及問題解答請參考書末附錄。

問1）マリーさんの国はどこですか。

（① アメリカ　② フランス　③ パリ　④ 日本）です。

問2）マリーさんの仕事はなんですか。

（① 日本語の教師　② 会社員　③ 銀行員　④ 医者）です。

問3）ワンさんの仕事はなんですか。

（① 日本語の教師　② 会社員　③ 英語の教師　④ 銀行員）です。

CDのあとにくり返して話してみましょう。

跟著CD練習說說看。

# 日本語(にほんご)お役立(やくだ)ち情報(じょうほう)

## ☆知(し)っておくと便利(べんり)な決(き)まり文句(もんく)／不可不知的固定說法

＊[ ]部分(ぶぶん)は改(あらた)まった丁寧(ていねい)な言(い)い方(かた)／[ ]部分是鄭重的說法

### ★朝(あさ)・昼(ひる)・夜(よる)のあいさつ

### ★早上、中午、傍晚的打招呼用語

朝(あさ) A「おはよう［ございます］」

早安

B「おはよう［ございます］」

早安

昼(ひる) A「こんにちは」

午安

B「こんにちは」

午安

夜(よる) A「こんばんは」

晚安

B「こんばんは」

晚安

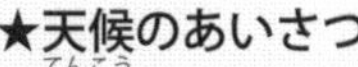

### ★天候(てんこう)のあいさつ

### ★關於天氣的打招呼用語

A「いい天気(てんき)ですね」

天氣真好啊

B「そうですね」

是啊

A「寒(さむ)いですね」

天氣真冷啊

B「そうですね」

是啊

A「暑(あつ)いですね」

天氣真熱啊

B「そうですね」

是啊

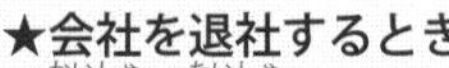

### ★会社(かいしゃ)を退社(たいしゃ)するとき

### ★離開公司的時候

「お先(さき)に［失礼(しつれい)します］」

我先走了

「おつかれさま［でした］」

辛苦了

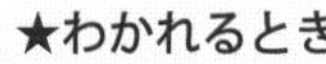

### ★わかれるとき

### ★道別的時候

「さようなら」

再見

「じゃ、また」

明天見；待會見

## ★あやまるとき

### ★ 道歉的時候

・友(とも)だち同士(どうし)や目下(めした)に対(たい)して

・對朋友或晚輩

A「ごめん［なさい］」

對不起

B「ううん」

沒關係

・よく知(し)らない人(ひと)などに対(たい)する普通(ふつう)の言(い)い方(かた)

・對不認識的人最普遍的說法

A「［どうも］すみません」

（真是）抱歉

B「いいえ」

沒關係

・目上(めうえ)に対(たい)して、より丁寧(ていねい)に

・對長輩、更有禮貌的說法

A「申(もう)しわけありません」

實在非常抱歉

B「いいえ」

沒關係

## ★感謝(かんしゃ)するとき

### ★ 感謝的時候

A「ありがとう［ございます］」

謝謝

B「いいえ」／「どういたしまして」

不會；不客氣

## ★食事(しょくじ)のとき

### ★用餐的時候

食(た)べるとき

開始吃的時候

「いただきます」

我開動了

食(た)べ終(お)わったとき

吃完的時候

「ごちそうさま［でした］」

謝謝（您的）招待

## ★お祝(いわ)いするとき

### ★祝賀的時候

「お誕生日(たんじょうび)、おめでとう［ございます］」

生日快樂

「ありがとう［ございます］」

謝謝

## ★会社(かいしゃ)などで、上司(じょうし)の部屋(へや)などに入(はい)るとき

### ★在公司等地方，進入上司或其他人辦公室時

部屋(へや)に入(はい)る人(ひと)

進入房間的人

「失礼(しつれい)します」

抱歉打擾了

部屋(へや)で迎(むか)える人(ひと)

房間裡的人

「はい、どうぞ」

請進

**★家を出るとき／家に帰ったとき（会社を一時的に出るときにも使われる）**

**★出門的時候／回家的時候（也可用於暫時離開公司時）**

家を出る人
出門的人
「行ってきます」
我出門了

帰ってきた人
回家的人
「ただいま」
我回來了

家に残る人
留在家裡的人
「行ってらっしゃい」
請慢走

迎える人
家裡的人
「お帰り［なさい］」
你回來啦

# 第2課 買い物をする

買東西

## 単語・表現 09

### ❖ 会話 ❖

| | | |
|---|---|---|
| 1. かいもの | 買い物 | 購物 |
| 2. します | | 做 |
| 3. スーパーマーケット | | 超市 |
| 4. すみません | | 不好意思 |
| 5. せんざい | 洗剤 | 洗衣粉 |
| 6. どこ | | 哪裡 |
| 7. あります | | 在～ |
| 8. てんいん | 店員 | 店員 |
| 9. あちら | | 那裡 |
| 10. えっ | | 咦 |
| 11. あの | | 那個 |
| 12. トイレットペーパー | | 衛生紙 |
| 13. となり | | 旁邊 |
| 14. どうも | | 謝謝 |
| 15. あのう | | 請問… |
| 16. でんち | 電池 | 電池 |
| 17. レジ | | 收銀機 |
| 18. まえ | | 前 |
| 19. どうも　ありがとう | | 謝謝 |
| 20. この | | 這個 |
| 21. タオル | | 毛巾 |
| 22. いくら | | 多少錢 |
| 23. ～えん | ～円 | ～日圓 |

| | | |
|---|---|---|
| 24. ちいさい | 小さい | 小的 |
| 25. それ | | 那個 |
| 26. じゃ | | 那麼 |
| 27. これ | | 這個 |
| 28. ください | | 請給我～ |
| 29. ありがとう　ございます | | 謝謝 |
| 30. ワイン | | 紅酒 |
| 31. もっと | | 更 |
| 32. やすい | 安い | 便宜 |
| 33. ～はちょっと… | | 對～有點…（這裡是「應該沒有～」的意思） |
| 34. けっこう | | 不用了 |

### ❖ 会話練習 ❖
(がいわれんしゅう)

| | | |
|---|---|---|
| 1. せっけん | 石鹸 | 肥皂 |
| 2. シャンプー | | 洗髮精 |
| 3. はブラシ | 歯ブラシ | 牙刷 |
| 4. たまご | | 蛋 |
| 5. やさい | 野菜 | 蔬菜 |
| 6. うしろ | 後ろ | 後面 |
| 7. ジュース | | 果汁 |
| 8. ケーキ | | 蛋糕 |
| 9. ビール | | 啤酒 |
| 10. ウーロンちゃ | ウーロン茶 | 烏龍茶 |
| 11. たかい | 高い | 貴的 |
| 12. おおきい | 大きい | 大的 |

## 買い物をしてみましょう。（試著買東西吧。） 10

① 洗剤はどこにありますか。／どこですか。
② 電池はレジのまえにあります。／レジのまえです。
③ 小さいのは？　④ もっと安いワイン
⑤ これ・それ・あれ・どれ　⑥ ここ・そこ・あそこ・どこ
⑦ この・その・あの・どの　⑧ ～円

### スーパーマーケットで　在超市

**1**

チン：すみません。洗剤はどこにありますか。
店員：ええと、洗剤は、あちらです。
チン：えっ？どこですか。
店員：あのトイレットペーパーのとなりです。
チン：ああ、どうも。

陳　：不好意思，請問洗衣粉在哪裡？
店員：嗯……，洗衣粉在那裡。
陳　：咦？在哪裡？
店員：那個衛生紙的旁邊。
陳　：啊！謝謝。

**2**

チン：あのう、電池(でんち)はありますか。

店員(てんいん)：はい、レジのまえにありますよ。

チン：レジのまえですね。

店員(てんいん)：はい、そうです。

チン：どうもありがとう。

陳　：請問……有電池嗎？
店員：有的，在收銀機前面。
陳　：收銀機前面，對吧？
店員：是的，沒錯。
陳　：謝謝。

**3**

チン：このタオル、いくらですか。

店員(てんいん)：500円(ごひゃくえん)です。

チン：この小(ちい)さいのは？

店員(てんいん)：それは300円(さんびゃくえん)です。

チン：じゃ、これください。

店員(てんいん)：ありがとうございます。

陳　：這條毛巾，多少錢？
店員：500日圓。
陳　：這條小的呢？
店員：那條300日圓。
陳　：那麼，請給我這條。
店員：謝謝惠顧。

**4**

チン：このワインはいくらですか。

店員(てんいん)：それは3,000円(さんぜんえん)です。

チン：もっと安(やす)いワインはありますか。

店員(てんいん)：安(やす)いワインはちょっと……。

チン：そうですか。じゃ、けっこうです。

店員(てんいん)：すみません。

陳　：這瓶紅酒多少錢？
店員：那瓶3000日圓。
陳　：有更便宜的紅酒嗎？
店員：便宜的紅酒應該沒有……。
陳　：這樣啊。那就不用了。
店員：不好意思。

# コミュニケーション・ノート

## スーパーマーケットで

### 1

**❖ すみません。**

「すみません」原本是表示抱歉的説法，這裡則用於叫人時引起對方的注意。

**❖ えっ？**

沒聽清楚對方説的話時的回應，意思是「希望對方再説一次」。

**❖ ああ、どうも。**

「ああ」表示理解對方所説的話，「どうも」在這裡是「どうもありがとう」的簡略説法，常用於會話結束的時候。

### 2

**❖ あのう**

表示躊躇、猶豫的連接詞。常作為詢問、拜託別人時的發語詞使用。

**❖ ～はありますか。**

用於詢問店裡是否有自己想要的東西，有時會省略「は」。

例　タオル（は）、ありますか。　　有毛巾嗎？
　　ワイン（は）、ありますか。　　有紅酒嗎？

**❖ ～よ／～ね**

「よ」和「ね」都是用於句尾的終助詞；「よ」用於告知聽者不知道的訊息，「ね」用於徵求聽者的同意，或確認對方所説的內容。太常用「よ」的話會給人強勢的感覺，需多加注意。

例
A：郵便局はどこですか。　　A：郵局在哪裡？
B：あの銀行のとなりですよ。　　B：在那家銀行的隔壁。

A：郵便局は銀行のまえですよ。　　A：郵局在銀行的前面。
B：銀行のまえですね。　　B：是銀行的前面，對吧？

A：いい天気ですね。　　A：天氣真好啊！
B：そうですね。　　B：是啊！

3

❖ このタオル、いくらですか。

詢問價格時最常用的說法，省略了「このタオルはいくらですか」中的「は」。

❖ 500円(ごひゃくえん)です。

完整的說法是「それは500円です」，這裡省略了「それは」的部分。從前後文可得知主詞的時候，「～は」部分常被省略。

❖ この小(ち)さいのは？

「この小さいのはいくらですか（這個小的是多少錢呢？）」的省略說法。「（小さい）の」表示「（小さい）もの」的意思，指前面提到的「タオル（毛巾）」。※ 參考文法筆記

❖ じゃ、これください。

「じゃ」是「では」較不正式的說法，有時也會加長音說成「じゃあ」；用在接續前面所說的話，並承接後文。「これください」是省略了「これをください」中助詞「を」的說法，用在已決定要買什麼東西的時候。

4

❖ ～はちょっと……。

「ちょっと」通常表示數量或程度上不多，但在這裡是表示難以說出口的話，根據「ちょっと」之後省略的內容，表示否定的意思。

會話④中的「ちょっと」是表示「それはありません（沒有那個）」的意思。聽者聽到「～はちょっと……」的回答，自然可以推測出那代表否定的意思。

❖ そうですか。

表示「わかりました（我知道了）」的意思，表示理解對方所講述的內容。

❖ けっこうです。

表示「いりません（不需要）」之意的禮貌說法。

❖ すみません。

道歉時最常用的說法。這裡的情況是，店員因無法滿足顧客的需求而道歉。

# 会話練習 11

青いところと赤いところを①～④に替えて練習しましょう。

練習將塗色部分代換為①～④的詞彙。

**1**

A：すみません。洗剤はどこですか。

B：洗剤はあのトイレットペーパーのとなりです。

A：どうもありがとう。

① 石鹸／シャンプーのとなり →

② 歯ブラシ／石鹸のまえ →

③ たまご／野菜のうしろ →

④ ジュース／レジのまえ →

A：不好意思，請問洗衣粉在哪裡？

B：洗衣粉在那個衛生紙的旁邊。

A：謝謝。

**2**

A：あのう、電池はありますか。

B：はい、レジのまえにありますよ。

A：レジのまえですね。

B：はい、そうです。

A：どうもありがとう。

① 石鹸／シャンプーのとなり →

② 歯ブラシ／石鹸のまえ →

③ たまご／野菜のうしろ →

④ ジュース／レジのまえ →

A：請問……有電池嗎？

B：有的，在收銀機前面。

A：收銀機前面，對吧？

B：是的，沒錯。

A：謝謝。

❸ A：このタオル、いくらですか。

B：500円(ごひゃくえん)です。

A：この小(ちい)さいのは？

B：それは300円(さんびゃくえん)です。

A：じゃ、これください。

B：ありがとうございます。

① ケーキ／400円(よんひゃくえん)／200円(にひゃくえん) →

② ビール／500円(ごひゃくえん)／３５０円(さんびゃくごじゅうえん) →

③ ウーロン茶(ちゃ)／２５０円(にひゃくごじゅうえん)／100円(ひゃくえん) →

④ ワイン／2,000円(にせんえん)／1,500円(せんごひゃくえん) →

A：這條毛巾，多少錢？

B：500日圓。

A：這條小的呢？

B：那條300日圓。

A：那麼，請給我這條。

B：謝謝。

❹ A：もっと安(やす)いワインはありますか。

B：安(やす)いワインはちょっと……。

A：そうですか。じゃ、けっこうです。

B：すみません。

① 高(たか)いワイン →

② 大(おお)きいビール →

③ 大(おお)きいタオル →

④ 大(おお)きいケーキ →

A：有更便宜的紅酒嗎？

B：便宜的紅酒應該沒有……。

A：這樣啊。那就不用了。

B：不好意思。

# 文法ノート

## 1. 「こ・そ・あ・ど」ことば

指稱特定事物的指示代名詞。「こ」指離説話者較近的地方，「そ」指離聽者較近的地方，「あ」指離説話者和聽者都很遠的地方，「ど」則為疑問詞。

| 物（もの） | これ | それ | あれ | どれ |
|---|---|---|---|---|
| 物體 | 這個 | 那個 | 那個 | 哪個 |
| 方向（ほうこう） | こちら／こっち | そちら／そっち | あちら／あっち | どちら／どっち |
| 方向 | 這邊／這兒 | 那邊／那兒 | 那邊／那兒 | 哪邊／哪兒 |
| 場所（ばしょ） | ここ | そこ | あそこ | どこ |
| 地點 | 這裡 | 那裡 | 那裡 | 哪裡 |
| 名詞修飾（めいししゅうしょく） | この＋名詞（めいし） | その＋名詞（めいし） | あの＋名詞（めいし） | どの＋名詞（めいし） |
| 名詞修飾 | 這個～ | 那個～ | 那個～ | 哪個～ |

## 2. ～はどこにありますか。／～はどこですか。

用於詢問特定物體「～」所在的地方，助詞「～に」表示該物體所在地點。常以「（物）はどこにありますか」、「（物）はどこですか」的句型表現，「～です」是「あります」的替代用法。

例（れい）
A：電池（でんち）はどこにありますか／どこですか。　A：電池在什麼地方呢？／在哪裡呢？
B：ここにあります／ここです。　B：在這裡。／這裡。

A：ビールはどこにありますか／どこですか。　A：啤酒在什麼地方呢？／在哪裡呢？
B：あそこにあります／あそこです。　B：在那裡。／那裡。

## 3．～は～のとなりです。／～のとなりにあります。

利用與其他物體的相對位置敘述特定物體的所在地。

例
A：電池はどこにありますか／どこですか。　　A：電池在什麼地方呢？／在哪裡呢？
B：レジのまえにあります／のまえです。　　B：在收銀機前面。／收銀機前面。

A：石鹸はどこにありますか／どこですか。　　A：肥皂在什麼地方呢？／在哪裡呢？
B：洗剤のうしろにあります／のうしろです。　　B：在洗衣粉的後面。／洗衣粉後面。

A：ビールはどこにありますか／どこですか。　　A：啤酒在什麼地方呢？／在哪裡呢？
B：ワインの近くです／の近くにあります。　　B：在紅酒的附近。／紅酒附近。

## 4．数字の数え方 ／ 數字的說法

| 1 | いち | 11 | じゅういち | 30 | さんじゅう | 600 | ろっぴゃく |
|---|---|---|---|---|---|---|---|
| 2 | に | 12 | じゅうに | 40 | よんじゅう | 700 | ななひゃく |
| 3 | さん | 13 | じゅうさん | 50 | ごじゅう | 800 | はっぴゃく |
| 4 | し | 14 | じゅうし | 60 | ろくじゅう | 900 | きゅうひゃく |
|  | よん |  | じゅうよん | 70 | しちじゅう | 1000 | せん |
| 5 | ご | 15 | じゅうご |  | ななじゅう | 2000 | にせん |
| 6 | ろく | 16 | じゅうろく | 80 | はちじゅう | 3000 | さんぜん |
| 7 | しち | 17 | じゅうしち | 90 | きゅうじゅう | 4000 | よんせん |
|  | なな |  | じゅうなな | 100 | ひゃく | 5000 | ごせん |
| 8 | はち | 18 | じゅうはち | 200 | にひゃく | 6000 | ろくせん |
| 9 | く | 19 | じゅうく | 300 | さんびゃく | 7000 | ななせん |
|  | きゅう |  | じゅうきゅう | 400 | よんひゃく | 8000 | はっせん |
| 10 | じゅう | 20 | にじゅう | 500 | ごひゃく | 9000 | きゅうせん |
|  |  |  |  |  |  | 10000 | いちまん |

### 5. イ形容詞(けいようし)

日語中的形容詞分為イ形容詞和ナ形容詞兩種（關於ナ形容詞的介紹，請參考第３課），イ形容詞放在名詞前面時，可直接連接名詞，例如「大きいタオル」。

| 例(れい) | | |
|---|---|---|
| | 大(おお)きいタオル | 大的毛巾 |
| | 小(ちい)さい辞書(じしょ) | 小的辭典 |
| | 高(たか)いワイン | 貴的紅酒 |
| | 安(やす)いワイン | 便宜的紅酒 |

### 6. もっと安(やす)いワイン

イ形容詞「安い（便宜的）」放在名詞「ワイン（紅酒）」之前，副詞「もっと（更）」則放在形容詞「安い（便宜的）」之前。

| 例(れい) | | |
|---|---|---|
| | もっと小(ちい)さいタオル | 更小的毛巾 |
| | もっと高(たか)いワイン | 更貴的紅酒 |
| | もっと大(おお)きいケーキ | 更大的蛋糕 |

### 7. 小(ちい)さいの

「の」是用來替代「もの」的助詞，「小さいの」即表示「小さいもの」之意。

| 例(れい) | | |
|---|---|---|
| | 大(おお)きいのはいくらですか？ | 大的多少錢？ |
| | 安(やす)いのは、あちらです。 | 便宜的在那邊。 |

## 発音練習 12

CDを聞いてくり返してください。太字部分が高くなります。

請重複聆聽CD。注意粗體字部分音調較高。

① **で**んち、**タ**オル、**ワ**イン、**ジュ**ース、**ビ**ール

② た**まご**、や**す**い、た**か**い、ち**か**く／や**さい**、と**なり**、う**しろ**

③ す**みませ**ん、く**ださ**い／**ど**うも　あ**り**がとう

④ あ**りま**すか↗、**ど**こですか↗、**い**くらですか↗

## 聞き取りクイズ 13

CD を聞いて質問に答えなさい。録音スクリプトと解答は巻末を見てください。

聽CD回答以下問題。CD內容及問題解答請參考書末附錄。

問1）この店にワインはありますか。→

問2）この店にビールはありますか。→

問3）たまごはどこにありますか。→

CDのあとにくり返して話してみましょう。

跟著CD練習說說看。

# 日本語(にほんご)お役立(やくだ)ち情報(じょうほう)

## ☆日本(にほん)のお金(かね)／日本的貨幣

1円(いちえん)
1日圓

5円(ごえん)
5日圓

10円(じゅうえん)
10日圓

50円(ごじゅうえん)
50日圓

100円(ひゃくえん)
100日圓

500円(ごひゃくえん)
500日圓

1,000円(せんえん)
1,000日圓

2,000円(にせんえん)
2,000日圓

5,000円
ごせん　えん
**5,000日圓**

10,000円
いちまん　えん
**10,000日圓**

# 第3課 訪問する

拜訪

## 単語・表現 14

### ❖ 会話 ❖

| | | |
|---|---|---|
| 1. ほうもんします | 訪問します | 拜訪 |
| 2. ゆうじん | 友人 | 朋友 |
| 3. うち | 家 | 家 |
| 4. たずねます | 訪ねます | 拜訪 |
| 5. はなし | 話 | 說話 |
| 6. おじゃまします | | 打擾了 |
| 7. どうぞ | | 請進 |
| 8. いえ | 家 | 房子 |
| 9. はいります | 入ります | 進入 |
| 10. すてき（な） | | 很棒的 |
| 11. （お）たく | （お）宅 | 房子（尊稱對方的房子） |
| 12. でも | | 但是 |
| 13. せまい | | 狹小的 |
| 14. ～より | | 比起～ |
| 15. ずっと | | ～多了 |
| 16. ひろい | 広い | 寬廣的 |
| 17. へん | | 附近 |
| 18. とても | | 非常 |
| 19. しずか（な） | 静か（な） | 安靜的 |
| 20. あまり | | 不太～ |
| 21. べんり（な） | 便利（な） | 方便的 |
| 22. ～けど | | 不過～ |
| 23. あつい | 暑い | 炎熱的 |
| 24. すこし | 少し | 有一點 |
| 25. つめたい | 冷たい | 冰涼的 |
| 26. （お）ちゃ | （お）茶 | 茶 |
| 27. ～でも | | 來點～（稍微舉例的說法） |
| 28. いかが | | ～如何 |
| 29. いただきます | | 我就不客氣了 |
| 30. ながめ | 眺め | 視野 |
| 31. いい | | 好的 |
| 32. ええ | | 是的 |
| 33. ～かい | ～階 | ～樓 |

| | | |
|---|---|---|
| 34. ～から | | 因為～ |
| 35. あれ | | 那個 |
| 36. とうきょうタワー | 東京タワー | 東京鐵塔 |
| 37. たてもの | 建物 | 建築物 |
| 38. すいぞくかん | 水族館 | 水生館 |
| 39. へえ | | 哦 |
| 40. どんな | | 什麼樣的 |
| 41. いきもの | 生き物 | 生物 |
| 42. います | | 有 |
| 43. めずらしい | 珍しい | 罕見的 |
| 44. さかな | 魚 | 魚 |
| 45. たくさん | | 很多 |
| 46. イルカ | | 海豚 |
| 47. ペンギン | | 企鵝 |
| 48. くじら | 鯨 | 鯨魚 |
| 49. ざんねん（な） | 残念（な） | 可惜的 |

### ❖ 会話練習 ❖
かいわれんしゅう

| | | |
|---|---|---|
| 1. ふるい | | 老舊的 |
| 2. きれい（な） | | 漂亮的 |
| 3. りっぱな（な） | | 氣派的 |
| 4. コーヒー | | 咖啡 |
| 5. さむい | 寒い | 寒冷的 |
| 6. あたたかい | 温かい | 溫的 |
| 7. ココア | | 可可亞 |
| 8. かいぎしつ | 会議室 | 會議室 |
| 9. じむしょ | 事務所 | 事務處 |
| 10. としょしつ | 図書室 | 圖書室 |
| 11. しりょうしつ | 資料室 | 資料室 |
| 12. おうせつしつ | 応接室 | 接待室 |
| 13. どうぶつえん | 動物園 | 動物園 |
| 14. なに | | 什麼 |
| 15. ぞう | 象 | 大象 |
| 16. パンダ | | 貓熊 |
| 17. こうえん | 公園 | 公園 |
| 18. いぬ | 犬 | 狗 |
| 19. ねこ | 猫 | 貓 |
| 20. だれ | | 誰 |
| 21. かちょう | 課長 | 科長 |

# 友人のうちを訪ねて話をしてみましょう。15

（試著拜訪朋友並聊聊天吧。）

① すてきなお宅
② 静かです。／静かじゃありません・静かじゃないです。
③ 暑いです。／暑くありません・暑くないです。
④ 冷たいお茶　⑤ お茶でもいかがですか。　⑥ ～（です）から。
⑦ 東京タワーのとなりに建物があります。／珍しい魚がいます。
⑧ なにがありますか。　⑨ どんな生き物がいますか。
⑩ 丁寧体と普通体

## 田中さんのうちで　在田中先生家裡

### 1

チン：おじゃまします。

田中：どうぞ。

チン：（家に入って）すてきなお宅ですね。

田中：ありがとう。でも、せまいですよ。

チン：うちよりずっと広いですよ。

陳　：打擾了。
田中：請進。
陳　：（進入屋內）很棒的房子呢！
田中：謝謝。不過還蠻小的。
陳　：比我家大多了呢！

**2**

チン：このへんは、とても静(しず)かですね。

田中(たなか)：そうですね。あまり便利(べんり)じゃありませんけど。

チン：そうですか。

田中(たなか)：チンさん、暑(あつ)くないですか。

チン：少(すこ)し……。

田中(たなか)：冷(つめ)たいお茶(ちゃ)でもいかがですか。

チン：ありがとうございます。いただきます。

陳　：這附近很安靜呢！

田中：是啊，不過不太方便。

陳　：是這樣啊。

田中：陳先生，你不熱嗎？

陳　：有一點……。

田中：來點冰茶之類的如何？

陳　：謝謝。我就不客氣了。

**3**

チン：眺(なが)めがとてもいいですね。

田中(たなか)：ええ。15階(じゅうごかい)ですから。

チン：あれは東京(とうきょう)タワーですか。

田中(たなか)：ええ、そうです。東京(とうきょう)タワーのとなりに大(おお)きい建物(たてもの)がありますね。

チン：ええ。

田中(たなか)：あれは水族館(すいぞくかん)です。

チン：へえ、水族館(すいぞくかん)ですか。どんな生(い)き物(もの)がいますか。

田中(たなか)：珍(めずら)しい魚(さかな)がたくさんいますよ。イルカやペンギンもいます。

チン：鯨(くじら)はいますか。

田中(たなか)：鯨(くじら)はいませんよ。

チン：そうですか。残念(ざんねん)だな。

陳　：視野很不錯呢！

田中：是啊，因為是15樓。

陳　：那是東京鐵塔嗎？

田中：嗯，是的。東京鐵塔旁邊有座大的建築物吧！

陳　：是啊。

田中：那是水生館。

陳　：哦，是水生館啊。有什麼樣的生物呢？

田中：有很多罕見的魚喔！還有海豚和企鵝。

陳　：有鯨魚嗎？

田中：沒有鯨魚啦！

陳　：這樣啊，真可惜。

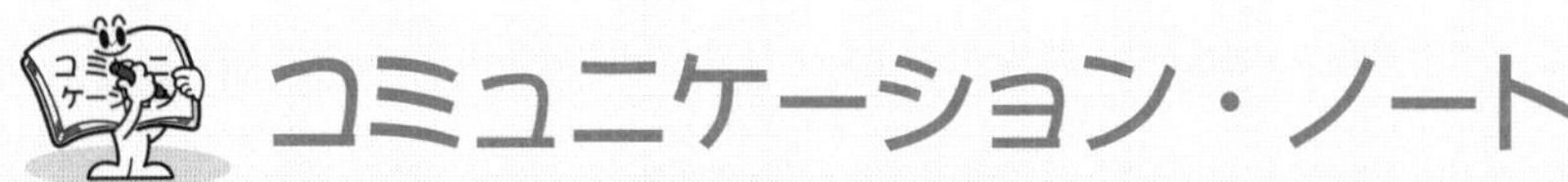

## 田中さんのうちで

### 1

❖ **おじゃまします。**

進入對方的領域，例如拜訪對象的家裡時的招呼語。

❖ **どうぞ。**

表示「どうぞお入りください（請進）」之意。

### 2

❖ **あまり便利(べんり)じゃありませんけど。**

「あまり」之後一定會接否定句，變成「あまり～ません」的形式來使用。「～けど」則表示語意轉折。這裡是承接之前的對話，表示「便利じゃありませんけど、とても静かです（雖然不太方便，但是很安靜）」之意。

❖ **暑(あつ)くないですか。**

イ形容詞「暑いです」的否定疑問句。イ形容詞禮貌體「暑いです」的否定形有「暑くありません／暑くないです」兩種。※ 參考文法筆記

❖ **少(すこ)し……。**

「少し暑いです（有一點熱）」的省略説法，和「ちょっと……」的用法相同。語意中有否定的意思時常用這種省略的表現，讓對方自行察覺自己的意思，表示顧慮對方的遲疑、客氣説法。

❖ **～でもいかがですか。**

推薦東西給對方時最常使用的説法。「名詞＋でも」含有泛指該名詞所屬詞彙範疇的意思，令人聯想與該名詞性質類似的其他事物。

❖ **いただきます。**

用於吃飯之前，或從對方那裡獲得某些東西時。

### ❖ 15階ですから。

句尾的「から」用於稍微說明原因時，這裡承接前句「眺めがとてもいいですね」，說明原因「15 階ですから、眺めがいいです（因為是 15 樓，所以視野很好）」。※ 參考第 7 課文法筆記



### ❖ ～がありますね。

語調上揚並在句尾加「ね」，表示徵求對方的認同。這裡是在確認對方是否理解自己所說的內容。

### ❖ へえ、水族館ですか。

「へえ」是表示驚訝的感歎詞。

### ❖ 珍しい魚がたくさんいますよ。

「たくさん」用於表示數量眾多，通常置於動詞之前。
關於「います」的用法，請參考文法筆記。

| 例 | | |
|---|---|---|
| 例 | 本がたくさんあります。 | 有很多書。 |
| | 猫がたくさんいます。 | 有很多隻貓。 |

### ❖ ～や～も

「～や」用於兩個以上的名詞並列出現時，用法為「名詞＋や＋名詞」，表示除了前述名詞之外還有其他事物的存在。「N（名詞）＋も」則表示在特定事物上附加 N。

例　ビールやジュースがあります。ケーキもあります。　有啤酒和果汁等。也有蛋糕。

### ❖ 鯨はいますか。

本句中的「は」是指出「だれでも知っている鯨（眾所周知的鯨魚）」，有特別強調「鯨」的含義。

### ❖ 残念だな。

「残念だ」是ナ形容詞「残念です」的常體（將敬體「～です」的「です」換成「だ」），在此表示這段話是說話者像在自言自語一樣，對自己說的話。「な」是直接地表現出自身想法、感受時的終助詞。關於常體與禮貌體，請參考文法筆記。

| 例 | | |
|---|---|---|
| 例 | うれしいな。 | 好高興啊！ |
| | 困ったな。 | 傷腦筋啊！ |
| | だめだな。 | 沒辦法啊！ |

# 会話練習（かいわれんしゅう） 16

青いところと赤いところを①～④に替えて練習しましょう。

練習將塗色部分代換為①～④的詞彙。

**1**

A：おじゃまします。

B：どうぞ。

A：すてきなお宅ですね。

B：ありがとう。でも、せまいですよ。

A：打擾了。

B：請進。

A：很棒的房子呢！

B：謝謝。不過，還滿小的。

① すてきな／ふるい →

② きれいな／ふるい →

③ りっぱな／せまい →

④ きれいな／せまい →

**2**

A：Bさん、暑くないですか？

B：少し……。

A：冷たいお茶でもいかがですか。

B：ありがとうございます。いただきます。

A：B先生，你不熱嗎？

B：有一點……。

A：來點冰茶之類的如何？

B：謝謝。我就不客氣了。

① 暑いです／冷たいコーヒー →

② 暑いです／冷たいビール →

③ 寒いです／温かいお茶 →

④ 寒いです／温かいココア →

❸ A：田中(たなか)さんはどこにいますか。

B：会議室(かいぎしつ)にいます。

A：会議室(かいぎしつ)はどこにありますか。

B：あの事務所(じむしょ)のとなりです。

A：どうも。

A：田中先生在哪裡呢？

B：在會議室。

A：會議室在哪裡呢？

B：在那個事務處旁邊。

A：謝謝。

① 図書室(としょしつ)／資料室(しりょうしつ) →

② 資料室(しりょうしつ)／会議室(かいぎしつ) →

③ 応接室(おうせつしつ)／事務所(じむしょ) →

④ 事務所(じむしょ)／会議室(かいぎしつ) →

❹ A：水族館(すいぞくかん)にはどんな生(い)き物(もの)がいますか。

B：イルカやペンギンがいます。

A：そうですか。

A：水族館裡有什麼樣的生物呢？

B：有海豚和企鵝。

A：這樣啊。

① 動物園(どうぶつえん)／なに／象(ぞう)やパンダ →

② 公園(こうえん)／なに／犬(いぬ)や猫(ねこ) →

③ 会議室(かいぎしつ)／だれ／課長(かちょう) →

④ 資料室(しりょうしつ)／だれ／木村(きむら)さん →

# 文法ノート

## 1. 形容詞

日語中的形容詞有イ形容詞和ナ形容詞兩種。相對於イ形容詞連接名詞時會變成「大きいタオル」的形態，ナ形容詞則以「～な」的形態連接名詞，例如「すてきな家」。作為述語使用時，兩種形容詞均以「です」結尾。

### イ形容詞

| | |
|---|---|
| せまい部屋 | →この部屋はせまいです |
| 狹小的房間 | →這間房間很狹小 |
| 新しい家 | →この家は新しいです |
| 新的房子 | →這間房子很新 |
| 大きいかばん | →このかばんは大きいです |
| 大的包包 | →這個包包很大 |
| 小さいカメラ | →このカメラは小さいです |
| 小的照相機 | →這個照相機很小 |
| 暑い夏 | →夏は暑いです |
| 炎熱的夏天 | →夏天很炎熱 |
| 寒い冬 | →冬は寒いです |
| 寒冷的冬天 | →冬天很寒冷 |
| 安いワイン | →このワインは安いです |
| 便宜的紅酒 | →這瓶紅酒很便宜 |
| 冷たいお茶 | →このお茶は冷たいです |
| 冰涼的茶 | →這杯茶很冰涼 |

### ナ形容詞

| | |
|---|---|
| 元気な子ども | →子どもは元気です |
| 有活力的孩子 | →孩子很有活力 |
| きれいな花 | →花はきれいです |
| 漂亮的花 | →花很漂亮 |

| | |
|---|---|
| 静かな海 | →海は静かです |
| 安靜的海 | →海很安靜 |
| 便利な道具 | →この道具は便利です |
| 方便的工具 | →這個工具很方便 |

## 2. 形容詞の活用

| | イ形容詞 | ナ形容詞 |
|---|---|---|
| **肯定形** | 暑いです | 静かです |
| **否定形** | 暑くないです／暑くありません | 静かじゃないです／静かじゃありません |

否定形有「～ないです」和「～ありません」兩種說法。「～ありません」較為普遍，也是書寫時的用法，但口語上還是較常使用「～ないです」。

## 3. 東京タワーのとなりに大きい建物があります。／珍しい魚がいます。

表示物體存在的動詞，日語中習慣無生命的物體用「あります」，有生命的物體則用「います」。句型為「（場所）に（非生物）があります」、「（場所）に（生物）がいます」，但「木（樹木）」之類的植物仍用「あります」。

例
| | |
|---|---|
| 机の上に本があります。 | 桌上有書。 |
| あそこに車があります。 | 那裡有車。 |
| 庭に桜の木があります。 | 庭院裡有櫻花樹。 |
| 公園に犬がいます。 | 公園裡有狗。 |
| バス停に田中さんがいます。 | 公車站有田中先生。 |
| 池に魚がいます。 | 池塘裡有魚。 |

詢問所在的「地點」與詢問在該處的「物體」兩種情況說法不同，要特別注意。通常（　）部分省略不說。

**不知道地點的時候**

| | |
|---|---|
| 本はどこにありますか／どこですか。 | →（本は）机の上にあります／机の上です。 |
| 書在什麼地方呢？／在哪裡呢？ | →（書）在桌子上。 |
| 田中さんはどこにいますか／どこですか。 | →（田中さんは）バス停にいます／バス停です。 |
| 田中先生在什麼地方呢？／在哪裡呢？ | →（田中先生）在公車站。 |

**不知道物體或人的時候**

机の上になにがありますか。 → （机の上に）本があります。

桌子上有什麼東西呢？ → （桌子上）有書。

バス停にだれがいますか。 → （バス停に）田中さんがいます。

公車站有什麼人呢？ → （公車站）有田中先生。

## 4. うちより広いです。

「～より」表示比較兩樣事物時的標準。

例　このカメラはあのカメラより安いです。　這台相機比那台便宜。

　　台湾の夏は東京より暑いです。　台灣的夏天比東京的熱。

## 5. どんな生き物

指稱詞「こんな／そんな／あんな／どんな」之一。之後接名詞，指稱該名詞的內容。

例　どんな人がいますか。　有什麼樣的人呢？

　　どんな本がありますか。　有什麼樣的書呢？

## 6. 丁寧体と普通体

日語中有禮貌體和常體兩種語體。禮貌體用在公開場合發言，或和不是很熟的人説話時，名詞和形容詞之後加「です」，動詞之後加「ます」。敬體表示對聽者尊重的態度，無論和什麼人對話時都可使用，且不會對別人失禮。常體則用於非正式的場合，例如和好友或家人説話時。寫作時一般採用常體。説話時採用禮貌體或常體，應視場合以及和什麼人對話而定。

## 発音練習 17

CDを聞いてくり返してください。太字部分が高くなります。

請重複聆聽CD。注意粗體字部分音調較高。

① お**ちゃ**

② す**てき**、お**たく**、ず**っと**、り**っぱ**、な**がめ**、く**じら**、イ**ルカ**／ひ**ろ**い、せ**ま**い、

あ**つ**い、さ**む**い、す**こ**し、い**ま**す／**し**ずか、**べ**んり、**コ**コア、**き**れい

③ **つめた**い、ざ**んね**ん、あ**りま**す／た**て**もの、い**き**もの／ペ**ンギン**

④ め**ずらし**いです、す**いぞ**くかん、い**ただきま**す／**あ**つく　**な**いです、と**うきょう**

**タ**ワー

## 聞き取りクイズ 18

CDを聞いて質問に答えなさい。録音スクリプトと解答は巻末を見てください。

聽CD回答以下問題。CD內容及問題解答請參考書末附錄。

問1）Aさんの家は古いですか。→

問2）Aさんの家は広いですか。→

問3）Aさんの家にはなにがいますか。→

問4）犬は小さいですか。→

※ シェパード：狗的一種，德國牧羊犬

CDのあとにくり返して話してみましょう。

跟著CD練習說說看。

# 第4課 乗り物に乗る

搭乘交通工具

## 単語・表現 19

### ❖ 会話 ❖

| | | |
|---|---|---|
| 1. のりもの | 乗り物 | 交通工具 |
| 2. のります | 乗ります | 搭乘 |
| 3. いどうします | 移動します | 移動 |
| 4. えき | 駅 | 車站 |
| 5. えきいん | 駅員 | 站員 |
| 6. でんしゃ | 電車 | 電車 |
| 7. あきはばら | 秋葉原 | 秋葉原 |
| 8. いきます | 行きます | 去 |
| 9. とまります | 止まります | 停（靠） |
| 10. え | | 咦 |
| 11. そうぶせん | 総武線 | 總武線 |
| 12. ～ばんせん | ～番線 | ～號月台、第～月台 |
| 13. きいろい | 黄色い | 黄色的 |
| 14. どうも　ありがとう　ございます | | 謝謝 |
| 15. あいます | 会います | 見面 |
| 16. すごい | | 非常 |
| 17. ひと | 人 | 人 |
| 18. ここ | | 這裡 |
| 19. ゆうめい（な） | 有名（な） | 有名的 |
| 20. でんきがい | 電気街 | 電器街 |
| 21. きょう | 今日 | 今天 |
| 22. かいます | 買います | 買 |
| 23. アイ・ポッド | | iPod |
| 24. でんしじしょ | 電子辞書 | 電子辭典 |
| 25. ぼく | | 我 |
| 26. えきしょうテレビ | 液晶テレビ | 液晶電視 |
| 27. ほしい | | 想要 |

| | | |
|---|---|---|
| 28. おおがた | 大型 | 大型 |
| 29. だから | | 所以 |
| 30. らいげつ | 来月 | 下個月 |
| 31. ボーナス | | 獎金 |
| 32. でます | 出ます | 配發 |
| 33. また | | 再 |
| 34. きます | 来ます | 來 |

## ❖ 会話練習（かいわれんしゅう） ❖

| | | |
|---|---|---|
| 1. しぶや | 渋谷 | 澀谷 |
| 2. しんじゅく | 新宿 | 新宿 |
| 3. ぎんざ | 銀座 | 銀座 |
| 4. いいだばし | 飯田橋 | 飯田橋 |
| 5. かんだ | 神田 | 神田 |
| 6. ちゅうおうせん | 中央線 | 中央線 |
| 7. ぎんざせん | 銀座線 | 銀座線 |
| 8. こんど | | 這次 |
| 9. にちようび | 日曜日 | 禮拜天 |
| 10. えいが／えいが | 映画 | 電影 |
| 11. みます | 見ます | 看 |
| 12. ほん | 本 | 書 |
| 13. よみます | 読みます | 閱讀 |
| 14. べんきょう | 勉強 | 念書 |
| 15. せんたく | 洗濯 | 洗衣服 |
| 16. そうじ | | 打掃 |
| 17. パソコン | | 個人電腦 |
| 18. ディーブイディープレーヤー | DVD プレーヤー | DVD 放映機 |
| 19. けいたいでんわ | 携帯電話 | 行動電話 |
| 20. デジタルカメラ | | 數位相機 |
| 21. エアコン | | 冷氣機 |
| 22. ドライヤー | | 吹風機 |

## 乗り物に乗って移動してみましょう。（試著搭乘交通工具移動吧。）

20

① 秋葉原へ行きます。
② 電子辞書を買います。
③ 液晶テレビがほしいです。
④ 動詞のグループ
⑤ します。／しません。

### 駅で　在車站

1

山本：すみません。
駅員：はい。
山本：この電車、秋葉原へ行きますか。
駅員：ええ、行きますよ。
山本：どうも。

山本：不好意思。
站員：是。
山本：這輛電車會開往秋葉原嗎？
站員：是的，沒錯。
山本：謝謝。

## 2

チン：あの、すみません。これ、秋葉原に止まりますか。

駅員：え？あき……

チン：秋葉原です。

駅員：ああ、秋葉原には止まりません。秋葉原は総武線ですよ。

チン：総武線？

駅員：ええ、2番線です。あの黄色い電車ですよ。

チン：あっ、どうもありがとうございます。

陳　：不好意思，請問一下，這輛車會在秋葉原停靠嗎？

站員：咦？秋……。

陳　：秋葉原。

站員：喔，在秋葉原不停。秋葉原在總武線上喔。

陳　：總武線？

站員：是的，二號月台。是那輛黃色的電車喔。

陳　：啊，非常謝謝你。



### 山本さんとチンさんが秋葉原で会う　山本先生和陳先生要在秋葉原見面

チン：すごい人ですね。

山本：ええ。ここは日本の有名な電気街ですからね。

チン：そうですか。

山本：今日はなにを買いますか。

チン：アイ・ポッドと電子辞書を買います。

山本：電子辞書ですか。あれは便利ですね。

チン：ええ、とても。山本さんは？

山本：ぼくは液晶テレビがほしいな。

チン：大型の液晶テレビは高いですか。

山本：ええ、そうですねえ。だから今日は買いません。

チン：でも、来月ボーナスが出ますから。

山本：そうですね。来月、また来ますか。

陳　：好多人喔。

山本：是啊，因為這裡是日本有名的電器街。

陳　：是這樣啊。

山本：你今天要買什麼呢？

陳　：我要買 iPod 和電子辭典。

山本：電子辭典啊，那個很方便呢。

陳　：是的，非常方便。山本先生你呢？

山本：我想要液晶電視啊！

陳　：大型的液晶電視很貴嗎？

山本：是啊，就是這樣啊。所以今天不買。

陳　：不過，下個月會發獎金嘛。

山本：說得也是。那下個月再來一次吧。

# コミュニケーション・ノート

## 駅で

1

❖ **この電車、秋葉原へ行きますか。／これ、秋葉原に止まりますか。**

即「この電車は秋葉原へ行きますか」、「これは秋葉原に止まりますか」，兩者都是省略「は」的説法。關於「行きます」、「止まります」的用法請參考文法筆記。

❖ **え？あき……**

沒聽清楚對方所説的內容時，只要在「え？」之後稍微重複有聽懂的部分，就能表達希望對方再説一次的意思。

2

❖ **秋葉原は総武線ですよ。**

意指「秋葉原は総武線の駅です（秋葉原是總武鐵路線上的車站）」。

❖ **総武線？**

因為不懂「総武線」的意思，所以提高語調重述一次對方説的內容，表達要求對方加以説明的意思。

❖ **２番線**

車站的月台上標有編號，一般以「～番線」的方式稱呼，例如「１番線（一號月台）」、「２番線（二號月台）」。

## 山本さんとチンさんが秋葉原で会う

❖ **ええ、とても。**

省略了下面的「便利です」。

❖ **液晶テレビがほしいな。**

「ほしいな」是イ形容詞「ほしい」的常體（禮貌體「～です」去掉「です」的語體）加上「な」的説法，表示坦白表露自己的心情。關於「～がほしいです」的用法，請參考文法筆記。

### ❖ ええ、そうですねえ。

拉長「ねえ」的語氣，可強調表示同意的心情。

### ❖ 来月ボーナスが出ますから。

下面省略「来月は買うことができます（下個月就可以買了）」等內容。聽到這段話的山本先生自行想像了陳先生省略的語句，因此接著説「また来ますか」。關於「来月ボーナスが出ます」的用法，請參考文法筆記。

### ❖ また来ますか。

説「来ますか」時語調下降，表示邀請對方的意思。

例

A：そろそろ行きますか。↘　　A：差不多該出發了吧！
B：そうですね。　　B：是啊。

A：帰りますか。↘　　A：回去吧！
B：そうですね。　　B：好啊。

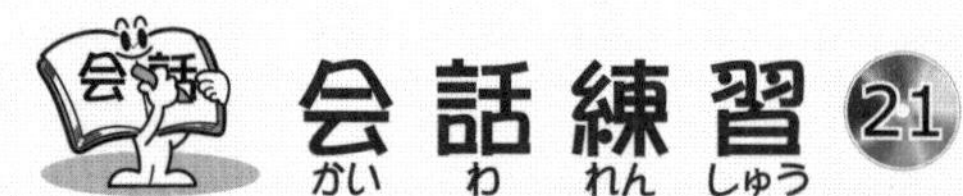

# 会話練習 21

青いところと赤いところを①～④に替えて練習しましょう。

練習將塗色部分代換為①～④的詞彙。

**1-1** A：すみません。この電車、秋葉原へ行きますか。
B：はい、行きますよ。
A：どうも。

A：不好意思。這輛電車，會開往秋葉原嗎？
B：是的，沒錯。
A：謝謝。

① 渋谷 →
② 新宿 →
③ 銀座 →

**1-2** A：すみません。これ、秋葉原に止まりますか。
B：いいえ、止まりません。秋葉原は総武線です。
A：どうも。

A：不好意思，這輛車會在秋葉原停靠嗎？
B：不，不停。秋葉原在總武線上。
A：謝謝。

① 飯田橋／総武線 →
② 神田／中央線 →
③ 銀座／銀座線 →

❷ A：こんどの日曜日（にちようび）、なにをしますか。

B：映画（えいが）を見（み）ます。

A：そうですか。

① 本（ほん）を読（よ）みます →

② 勉強（べんきょう）をします →

③ 洗濯（せんたく）をします →

④ そうじをします →

A：這個禮拜天，要做什麼呢？

B：要看電影。

A：這樣啊。

❸ A：なにがほしいですか。

B：電子辞書（でんしじしょ）です。Aさんは？

A：ぼくは液晶（えきしょう）テレビがほしいです。

B：そうですか。

① パソコン／ＤＶＤプレーヤー →

② アイ・ポッド／電子辞書（でんしじしょ） →

③ 携帯電話（けいたいでんわ）／デジタルカメラ →

④ エアコン／ドライヤー →

A：你想要什麼？

B：電子辭典。A先生呢？

A：我想要液晶電視。

B：這樣啊。

# 文法ノート

## 1. 動詞のマス形

動詞的マス形表示對聽者有禮貌，可以用在和各種身分的人説話時，且不會失禮。動作動詞的基本形表示現在的習慣、未來的動作、未來將發生的事或説話者的意志。

日語的動詞可分為三大類。

| グループ1 第1類 | | グループ2 第2類 | | グループ3 第3類（不規則變化僅有以下兩項） | |
|---|---|---|---|---|---|
| 肯定 | 否定 | 肯定 | 否定 | 肯定 | 否定 |
| 行きます | 行きません | 起きます | 起きません | します | しません |
| 止まります | 止まりません | 見ます | 見ません | 来ます | 来ません |
| 会います | 会いません | 食べます | 食べません | | |
| 帰ります | 帰りません | 寝ます | 寝ません | | |
| 飲みます | 飲みません | 出ます | 出ません | | |
| 読みます | 読みません | います | いません | | |
| わかります | わかりません | | | | |
| 買います | 買いません | | | | |
| 始まります | 始まりません | | | | |
| あります | ありません | | | | |
| やります | やりません | | | | |

**現在的習慣**

毎日6時に起きます。　　每天六點起床。

会社は9時に始まります。　　公司9點開始上班。

**未來的動作**

来月、ボーナスが出ます。　下個月會發獎金。

こんどの日曜日、映画を見ます。　這個禮拜天要去看電影。

**意志**

わたしがその仕事をやります。　我來做那個工作。

わたしが行きます。　我去。

## 2. 秋葉原へ行きます。

助詞「へ」表示方向，常和表示移動的動詞（「行きます／来ます／帰ります」等）一起使用。

例　学校へ行きます。　去學校。

うちへ来ます。　來我家。

国へ帰ります。　回國。

## 3. 秋葉原に止まります。

助詞「に」表示到達點。

例　成田空港に着きます。　抵達成田機場。

秋葉原に行きます。　到秋葉原去。

## 4. 電子辞書を買います。

助詞「を」表示動作的對象。

例　映画を見ます。　看電影。

勉強をします。　念書。

本を読みます。　看書。

音楽を聞きます。　聽音樂。

## 5. （ぼくは）液晶テレビがほしいです。

イ形容詞「ほしいです」的對象以助詞「が」來表示。「（～が）ほしいです」句型的主詞一定是第一人稱，所以常被省略。主詞是第三人稱時則變成「～をほしがっています」。

例（わたしは）パソコンがほしいです。　我想要個人電腦。

チンさんは電子辞書をほしがっています。　陳先生想要電子辭典。

## 発音練習 22

CDを聞いてくり返してください。太字部分が高くなります。

請重複聆聽 CD。注意粗體字部分音調較高。

① **で**んしゃ、**え**いが、**テ**レビ／し**ぶや**、ぎ**んざ**、か**んだ**、そ**うじ**／み**ま**す、し**ま**す

② い**きま**す、か**いま**す／ゆ**うめい**／**ボ**ーナス、**ら**いげつ／パ**ソコン**、エ**アコン**

③ あ**きは**ばら／と**まりま**す、で**んしじ**しょ／そ**うぶせん**

④ え**きしょうテ**レビ、デ**ジタルカ**メラ

## 聞き取りクイズ 23

CDを聞いて質問に答えなさい。録音スクリプトと解答は巻末を見てください。

聽 CD 回答以下問題。CD 內容及問題解答請參考書末附錄。

問1）この電車は渋谷に行きますか。→

問2）山手線はなん番線ですか。→

※ 緑：綠色

CDのあとにくり返して話してみましょう。

跟著 CD 練習說說看。

# 電話をかけて誘う

打電話邀約

## 単語・表現 24

### ❖ 会話 ❖

| | | |
|---|---|---|
| 1. でんわ | 電話 | 電話 |
| 2. かけます | | 撥打 |
| 3. さそいます | 誘います | 邀約 |
| 4. ともだち | 友だち | 朋友 |
| 5. もしもし | | 喂 |
| 6. あの | | （句首發語詞） |
| 7. もうします | 申します | 敝姓 |
| 8. おねがいします | お願いします | 請找 |
| 9. こんにちは | | 你好 |
| 10. チケット | | 票 |
| 11. あります | | 有 |
| 12. いっしょに | | 一起 |
| 13. かんとく | 監督 | 導演 |
| 14. ハリウッド | | 好萊塢 |
| 15. わあ | | 哇 |
| 16. いつ | | 什麼時候 |
| 17. どようび | 土曜日 | 星期六 |
| 18. だいじょうぶ（な） | | 沒問題、不要緊 |
| 19. じゃあ | | 那麼 |
| 20. ごご | 午後 | 下午 |
| 21. えいがかん | 映画館 | 電影院 |
| 22. こみます | | 擁擠 |
| 23. ごぜんちゅう | 午前中 | 上午的時間 |
| 24. ～のほうが | | ～比較 |

| | | |
|---|---|---|
| 25. いつも | | 通常 |
| 26. なんじ | なん時 | 幾點 |
| 27. おきます | 起きます | 起床、起來 |
| 28. おそい | 遅い | 晚的 |
| 29. はやい | 早い | 早的 |
| 30. ～じはん | ～時半 | ～點半 |
| 31. しんじゅくえき | 新宿駅 | 新宿車站 |
| 32. ～から | | 從～開始 |
| 33. わかります | | 知道、懂 |
| 34. しつれいします | 失礼します | 再見、失陪 |

### ❖ 会話練習 ❖
かいわれんしゅう

| | | |
|---|---|---|
| 1. いま | 今 | 現在 |
| 2. ねます | 寝ます | 睡覺 |
| 3. はじまります | 始まります | 開始 |
| 4. おわります | 終わります | 結束 |
| 5. かえります | 帰ります | 回家、回去 |
| 6. ビデオ | | 錄影帶 |
| 7. きっさてん／きっさてん | 喫茶店 | 咖啡店 |
| 8. のみます | 飲みます | 喝 |
| 9. レストラン | | 餐廳 |
| 10. ごはん | ご飯 | 飯 |
| 11. たべます | 食べます | 吃 |
| 12. しゃしん | 写真 | 照片 |
| 13. とります | 撮ります | 拍（照） |
| 14. テニス | | 網球 |
| 15. クラシック／クラシック | | 古典音樂 |
| 16. ききます | 聞きます | 聽 |
| 17. のみに（いきます） | 飲みに（行きます） | 去喝酒 |

## 電話をかけて友だちを誘ってみましょう。（試著打電話邀請朋友吧。） 25

①電話のかけ方　②映画を見に行きませんか。
③午前中のほうがいいです。
④いつもは遅いですけど、今度の日曜日は早く起きます。
⑤10時に新宿駅で会いませんか。　⑥（新宿）で会いましょう。
⑦そうしましょう。　⑧9時半からです。

### チンさんが田中さんに電話をかける　陳先生打電話給田中先生

**1**

田中：はい、もしもし。
チン：あの、田中さんのお宅ですか。
田中：はい、そうです。
チン：チンと申しますが、たかしさんお願いします。
田中：あ、チンさん。ぼくです。こんにちは。
チン：あ、田中さん、こんにちは。

田中：喂。
陳　：請問，是田中先生家嗎？
田中：是的。
陳　：敝姓陳。請找高志先生。
田中：啊，陳先生，我就是。你好。
陳　：啊，田中先生。你好。

## 2

チン：映画(えいが)のチケットがありますが、いっしょに見(み)に行(い)きませんか。

田中(たなか)：どんな映画(えいが)ですか。

チン：ええと、スピルバーグ監督(かんとく)のハリウッド映画(えいが)です。

田中(たなか)：わあ、いいですね。行(い)きます、行(い)きます。

チン：いつがいいですか。

田中(たなか)：こんどの土曜日(どようび)はどうですか。

チン：土曜日(どようび)は仕事(しごと)で……。日曜日(にちようび)はだいじょうぶですけど。

田中(たなか)：じゃあ、日曜日(にちようび)にしましょう。

陳　：我有電影票，要不要一起去看（電影）呢？

田中：是什麼樣的電影呢？

陳　：嗯，是史蒂芬史匹柏導演的好萊塢電影。

田中：哇！不錯呢。我要去，我要去。

陳　：什麼時候比較方便呢？

田中：這個禮拜六怎麼樣？

陳　：禮拜六我有工作……，禮拜天倒是沒問題。

田中：那麼就決定禮拜天吧。

## 3

チン：日曜日(にちようび)の午後(ごご)は映画館(えいがかん)がこみますよ。

田中(たなか)：じゃ、午前中(ごぜんちゅう)のほうがいいですか。

チン：そうですね。田中(たなか)さんは、日曜日(にちようび)はいつもなん時(じ)に起(お)きますか。

田中(たなか)：いつもは遅(おそ)いですけど、こんどの日曜日(にちようび)は早(はや)く起(お)きますよ。

チン：そうですか。じゃ、9時半(くじはん)に新宿駅(しんじゅくえき)で会(あ)いませんか。

田中(たなか)：ええ、そうしましょう。映画(えいが)はなん時(じ)からですか。

チン：10時(じゅうじ)からです。

田中(たなか)：わかりました。じゃあ、こんどの日曜日(にちようび)、9時半(くじはん)に新宿駅(しんじゅくえき)で。

チン：はい。じゃ、失礼(しつれい)します。

陳　：禮拜天下午電影院人很多喔！

田中：那上午的時間比較好嗎？

陳　：是啊。田中先生禮拜天通常幾點起床呢？

田中：通常都很晚，不過這禮拜會早點起來。

陳　：這樣啊，那麼要不要約9點半在新宿車站見面？

田中：好，就這麼辦。電影幾點開演呢？

陳　：10點開演。

田中：我知道了。那就這個禮拜天，9點半在新宿車站。

陳　：好，那麼再見了。

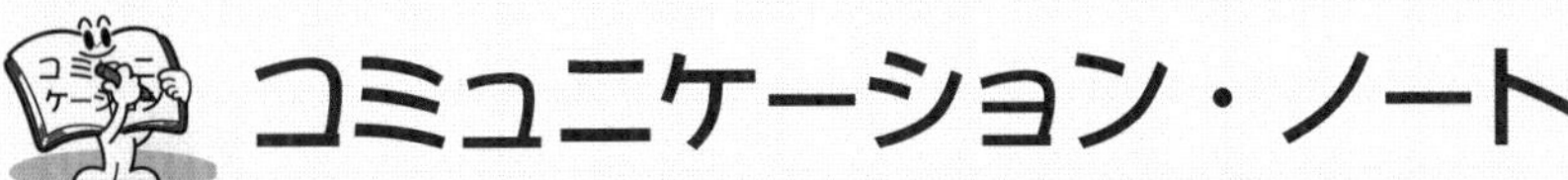

## コミュニケーション・ノート

### チンさんが田中さんに電話をかける

**1**

**❖ はい、もしもし。**

打電話到一般家庭時，接電話的人通常會這麼説。

**❖ ～さんのお宅ですか。～と申しますが、～さんお願いします。**

開啟電話中的會話時，打電話一方常用的説法。以「～さんのお宅ですか」確認對方身分，以「～と申しますが」報上自己的姓名，再以「～さん（を）お願いします」請對方轉接給自己要通話的對象。常省略助詞「を」。

**❖ ぼくです。**

「ぼく」是男性在非正式場合時稱呼自己用的第一人稱名詞。

**❖ こんにちは。**

用於下午時間的一般問候語。早上時説「おはようございます」，傍晚至晚上則説「こんばんは」來互相問候。

**2**

**❖ 映画のチケットがありますが、いっしょに見に行きませんか。**

本段「(あります) が」的「～が」表示會話的前提內容，「～と申しますが」也是同樣的用法。關於「いっしょに見に行きませんか」，請參考文法筆記。

**❖ ええと**

表示正在思考是什麼樣的電影。思考接下來該説什麼時所使用的語詞。

**❖ わあ**

表示高興、吃驚時的情感，有強調後續説話心情的功用。

例　わあ、すごいですね。　　哇！真厲害！

　　わあ、きれいですね。　　哇！真漂亮！

### ❖ 行きます、行きます。

藉由重複動詞「行きます」兩次，表示強調「行きたい」的心情。這裡的「行きます」表示說話者自身的意志。

### ❖ 土曜日は仕事で……。

「土曜日は仕事があるから都合が悪い（星期六有工作，所以不太方便）」的意思。不把整句說完而只說「仕事で……」，是暗示「都合が悪い」的說法。

5 課

### ❖ 日曜日はだいじょうぶですけど。

句尾的「けど」帶有期待對方開口的意思，置於句尾有緩和語氣的作用，否則會給人強硬、不客氣的感覺。

例　A：ご主人、お帰りですか。　　A：你先生回來了嗎？
　　B：まだですけど。　　B：還沒有……。

3

### ❖ 日曜日の午後は映画館がこみますよ。／日曜日はいつもなん時に起きますか。

這裡的動詞「こみます」、「起きます」表示平時的習慣、常態。

### ❖ わかりました。

表示理解對方的指示或所說的內容，通常不說「わかります」，而以過去式「わかりました」（請參考第 6 課文法筆記）表達。

例　A：明日、９時に来てください。　　A：請明天９點過來。
　　B：わかりました。　　B：知道了。

　　A：ここに名前を書いてください。　　A：請在這裡寫上名字。
　　B：わかりました。　　B：知道了。

### ❖ じゃあ、こんどの日曜日、９時半に新宿駅で。

後面省略了「会いましょう（見面吧）」。這裡是在確認約好的重點事項。

### ❖ 失礼します。

與人道別時的招呼語，也用於掛電話和進入上司、長輩的房間等時候。

# 会話練習 26

青いところと赤いところを①～④に替えて練習しましょう。
練習將塗色部分代換為①～④的詞彙。

**1-1**
A：はい、もしもし。
B：あの田中さんのお宅ですか。
A：はい、そうです。
B：チンと申しますが、真理さんお願いします。
A：はい、わたしです。

A：喂。
B：請問是田中先生家嗎？
A：是的。
B：敝姓陳，請找真理小姐。
A：我就是。

① 木村／キム →　② 佐藤／スミス →
③ リー／高橋 →　④ ワン／山口 →

**1-2**
A：はい、もしもし。
B：あの田中さんのお宅ですか。
A：はい、そうです。
B：チンと申しますが、真理さんお願いします。
A：真理は、今いませんが。
B：じゃ、またかけます。失礼しました。
A：はい、どうも。

A：喂。
B：請問是田中先生家嗎？
A：是的。
B：敝姓陳，請找真理小姐。
A：真理現在不在。
B：那我再打過來，再見。
A：好的，再見。

① 木村／キム →　② 佐藤／スミス →
③ リー／高橋 →　④ ワン／山口 →

❷ A：いつもなん時に起きますか。
B：7時です。
A：そうですか。

① 寝ます／11時 →　② 始まります／9時 →
③ 終わります／5時半 →　④ 帰ります／7時半 →

A：平常都幾點起床呢？
B：7點。
A：這樣啊。



❸ A：新宿で映画を見ませんか。
B：いいですね。見ましょう。

① うち／ビデオを見ます／見ます →
② あの喫茶店／コーヒーを飲みます／飲みます →
③ あのレストラン／ご飯を食べます／食べます →
④ あそこ／写真を撮ります／撮ります →

A：要不要去新宿看電影？
B：好啊，一起去看吧。

❹-1 A：こんどいっしょに映画を見に行きませんか。
B：いいですね。行きましょう。

① テニスをしに →　② クラシックを聞きに →
③ ご飯を食べに →　④ 飲みに →

A：下次要不要一起去看電影？
B：好啊，一起去吧。

❹-2 A：こんどの土曜日、映画を見に行きませんか。
B：土曜日はちょっと……。
A：そうですか。じゃあ、また。

① 水曜日／テニスをしに →
② 月曜日／クラシックを聞きに →
③ 日曜日／ご飯を食べに →
④ 金曜日／飲みに →

A：這個禮拜六，要不要一起去看電影？
B：禮拜六可能……。
A：這樣啊。那下次再說吧。

# 文法ノート

## 1．行きませんか。

「～ませんか」是邀約對方或提出建議時的説法，拿掉動詞後的「ます」改成「ませんか」。

例　行きます　→　行きませんか　　去　→　要不要去？
　　見ます　→　見ませんか　　看　→　要不要看？
　　来ます　→　来ませんか　　來　→　要不要來？
　　します　→　しませんか　　做　→　要不要做？

## 2．映画を見に行きます。

助詞「に」和「行きます」、「来ます」、「帰ります」之類表示往來的動詞連用時表示動作的目的。助詞「に」之前接動作動詞去掉「ます」的形式，表示「～するために行きます／来ます（為了做～而去／來）」。

例　遊びに来ます。　　來玩。
　　洋服を買いに行きます。　　去買衣服。
　　ご飯を食べに行きます。　　去吃飯。
　　荷物をとりに帰ります。　　回去拿行李。

## 3．日曜日にしましょう。

「～ましょう」用於表示説話者想和聽者一起去做某件事。將動詞的「ます」去掉，改成「ましょう」。

例　行きます　→　行きましょう　　去　→　去吧
　　見ます　→　見ましょう　　看　→　看吧
　　します　→　しましょう　　做　→　做吧

## 4．～のほうがいいです。

兩項事物比較之下，對説話者而言較方便、喜好的一方就是「～」部分。「～」部分必須是名詞。

例　土曜日のほうがいいです。　　星期六比較好。
　　午後のほうがいいです。　　下午比較好。

5課(か)

## 5．いつもは遅(おそ)いですけど、こんどの日曜日(にちようび)は早(はや)く起(お)きますよ。

連接兩個句子的「～けど」表示逆接（前後語意不一致），用於後句所述和前句內容相反時。

例(れい)　あのレストランはおいしいですけど、高(たか)いです。

那間餐廳雖然好吃，但是很貴。

助詞「は」表示就兩個主題（「いつも」和「こんどの日曜日」）加以比較。

例(れい)　午前中(ごぜんちゅう)は忙(いそが)しいですけど、午後(ごご)はひまです。

上午很忙，不過下午就有空了。

今日(きょう)は雨(あめ)ですけど、明日(あした)は晴(は)れです。

雖然今天下雨，但明天就會放晴。

## 6．早(はや)く起(お)きますよ。

イ形容詞（「早い」）用來修飾動詞（「起きます」）的時候，詞尾需變化為「く」。

| | | | | | | | | | |
|---|---|---|---|---|---|---|---|---|---|
| 早(はや)いです | ＋ | 起(お)きます | → | 早(はや)く起(お)きます | 早的 | ＋ | 起 | → | 早起 |
| 遅(おそ)いです | ＋ | 寝(ね)ます | → | 遅(おそ)く寝(ね)ます | 晚的 | ＋ | 睡 | → | 晚睡 |
| 早(はや)いです | ＋ | 始(はじ)まります | → | 早(はや)く始(はじ)まります | 早的 | ＋ | 開始 | → | 早開始 |

## 7．9時半(くじはん)に新宿駅(しんじゅくえき)で会(あ)いませんか。

助詞「に」表示時間，「で」表示動作進行的地點。

例(れい)　7時(しちじ)に起(お)きます。　7點起床。

5時(ごじ)に帰(かえ)ります。　5點回家。

渋谷(しぶや)で会(あ)います。　在澀谷見面。

図書館(としょかん)で本(ほん)を読(よ)みます。　在圖書館看書。

喫茶店(きっさてん)でコーヒーを飲(の)みます。　在咖啡店喝咖啡。

### 8．映画はなん時からですか。／10時からです。

助詞「から」表示動作或狀態開始的時間。「なん時からですか」就是指「なん時から始まりますか（從幾點開始？）」。「から」也常與表示時間、場所等界限的「まで」一起使用。

例　A：会議はなん時からですか。　　A：會議幾點開始？
　　B：３時からです。　　B：３點開始。

　　A：銀行はなん時からなん時までですか。　　A：銀行從幾點開到幾點？
　　B：午前９時から午後３時までです。　　B：上午９點到下午３點。

### 9．時間の言い方／時間的說法

| | | | | | |
|---|---|---|---|---|---|
| 1時（いちじ） | 1點 | 6時（ろくじ） | 6點 | 11時（じゅういちじ） | 11點 |
| 2時（にじ） | 2點 | 7時（しちじ） | 7點 | 12時（じゅうにじ） | 12點 |
| 3時（さんじ） | 3點 | 8時（はちじ） | 8點 | 1時半（いちじはん） | 1點半 |
| 4時（よじ） | 4點 | 9時（くじ） | 9點 | 午前（ごぜん） | 上午 |
| 5時（ごじ） | 5點 | 10時（じゅうじ） | 10點 | 午後（ごご） | 下午 |

詢問時間的時候說「今なん時ですか」。

例　A：今なん時ですか。　　A：現在幾點？
　　B：１１時です。　　B：11點。

### 10．曜日の言い方／星期的說法

| 日曜日 | 月曜日 | 火曜日 | 水曜日 | 木曜日 | 金曜日 | 土曜日 |
|---|---|---|---|---|---|---|
| 星期日 | 星期一 | 星期二 | 星期三 | 星期四 | 星期五 | 星期六 |

## 発音練習(はつおんれんしゅう) 27

CDを聞(き)いてくり返(かえ)してください。太字部分(ふとじぶぶん)が高(たか)くなります。

請重複聆聽 CD。注意粗體字部分音調較高。

① **いつ**／ま**た**、う**ち**

② **え**いが、**こ**んど、**じゅ**うじ、**いつ**も、**の**みに、**た**べに、**あ**いに／お**そい**、し**ごと**

③ **チ**ケット／ど**よ**うび／か**んとく**、し**んじゅく**／お**きま**す、あ**いま**す

④ **レ**ストラン／ク**ラシ**ック

## 聞(き)き取(と)りクイズ 28

CDを聞(き)いて質問(しつもん)に答(こた)えなさい。録音(ろくおん)スクリプトと解答(かいとう)は巻末(かんまつ)を見(み)てください。

聽 CD 回答以下問題。CD 內容及問題解答請參考書末附錄。

問(とい)1）マリーさんはこんどの土曜日(どようび)、なにをしますか。→

問(とい)2）だれがマリーさんのパーティーに行(い)きますか。→

問(とい)3）幸子(さちこ)さんたちは、なん時(じ)に新宿駅(しんじゅくえき)で会(あ)いますか。→

CDのあとにくり返(かえ)して話(はな)してみましょう。

跟著 CD 練習說說看。

## 日本語お役立ち情報

### ☆電話番号の言い方／電話號碼的說法

市外局番／市外電話

045 － 3675 － 8921

ぜろよんご　の　さんろくななご　の　はちきゅうにいち

「－」讀作「の」，「0」讀作「ぜろ」或「れい」。

### ☆暦と時間の言い方／日期與時間的說法

**★年／年**

| 2007 | 2008 |
|---|---|
| 2009 | 2010 |

2007年（2007年）

?

なん年（哪一年）

| 2007 | 2008 |
|---|---|
| 2009 | 2010 |

去年（去年）

| 2007 | 2008 |
|---|---|
| 2009 | 2010 |

今年（今年）

| 2007 | 2008 |
|---|---|
| 2009 | 2010 |

来年（明年）

**★月（つき）／月**

| ～月 | | |
|---|---|---|
| 1月 | いちがつ | 1月 |
| 2月 | にがつ | 2月 |
| 3月 | さんがつ | 3月 |
| 4月 | しがつ | 4月 |
| 5月 | ごがつ | 5月 |
| 6月 | ろくがつ | 6月 |
| 7月 | しちがつ | 7月 |
| 8月 | はちがつ | 8月 |
| 9月 | くがつ | 9月 |
| 10月 | じゅうがつ | 10月 |
| 11月 | じゅういちがつ | 11月 |
| 12月 | じゅうにがつ | 12月 |
| 何月 | なんがつ | 幾月 |
| 今月 | こんげつ | 本月 |
| 先月 | せんげつ | 上個月 |
| 来月 | らいげつ | 下個月 |

**★曜日（ようび）／星期**

| 星期～ | | |
|---|---|---|
| 日曜日 | にちようび | 星期日 |
| 月曜日 | げつようび | 星期一 |
| 火曜日 | かようび | 星期二 |
| 水曜日 | すいようび | 星期三 |
| 木曜日 | もくようび | 星期四 |
| 金曜日 | きんようび | 星期五 |
| 土曜日 | どようび | 星期六 |
| 何曜日 | なんようび | 星期幾 |
| 先週 | せんしゅう | 上週 |
| 来週 | らいしゅう | 下週 |
| 今週 | こんしゅう | 本週 |

### ★日にち（赤字は不規則な言い方）／日期（紅字部分表示不規則的說法）

| 1日 | ついたち | 1日 | 11日 | じゅういちにち | 11日 | 21日 | にじゅういちにち | 21日 |
|---|---|---|---|---|---|---|---|---|
| 2日 | ふつか | 2日 | 12日 | じゅうににち | 12日 | 22日 | にじゅうににち | 22日 |
| 3日 | みっか | 3日 | 13日 | じゅうさんにち | 13日 | 23日 | にじゅうさんにち | 23日 |
| 4日 | よっか | 4日 | 14日 | じゅうよっか | 14日 | 24日 | にじゅうよっか | 24日 |
| 5日 | いつか | 5日 | 15日 | じゅうごにち | 15日 | 25日 | にじゅうごにち | 25日 |
| 6日 | むいか | 6日 | 16日 | じゅうろくにち | 16日 | 26日 | にじゅうろくにち | 26日 |
| 7日 | なのか | 7日 | 17日 | じゅうしちにち | 17日 | 27日 | にじゅうしちにち | 27日 |
| 8日 | ようか | 8日 | 18日 | じゅうはちにち | 18日 | 28日 | にじゅうはちにち | 28日 |
| 9日 | ここのか | 9日 | 19日 | じゅうくにち | 19日 | 29日 | にじゅうくにち | 29日 |
| 10日 | とおか | 10日 | 20日 | はつか | 20日 | 30日 | さんじゅうにち | 30日 |
| 昨日 | きのう | 昨天 | 何日 | なんにち | 幾日 | 31日 | さんじゅういちにち | 31日 |
| 今日 | きょう | 今天 | 明日 | あした | 明天 | 明後日 | あさって | 後天 |

### ★時間／時間

分（ふん）：「分」的前面出現「っ」或「ん」時發音為「ぷん」。

| 1分 | いっぷん | 1分 | 7分 | ななふん | 7分 | 30分 | さんじゅっぷん | 30分 |
|---|---|---|---|---|---|---|---|---|
| 2分 | にふん | 2分 | 8分 | はちふん／はっぷん | 8分 | 40分 | よんじゅっぷん | 40分 |
| 3分 | さんぷん | 3分 | 9分 | きゅうふん | 9分 | 45分 | よんじゅうごふん | 45分 |
| 4分 | よんぷん | 4分 | 10分 | じゅっぷん | 10分 | 50分 | ごじゅっぷん | 50分 |
| 5分 | ごふん | 5分 | 15分 | じゅうごふん | 15分 | 60分 | ろくじゅっぷん | 60分 |
| 6分 | ろっぷん | 6分 | 20分 | にじゅっぷん | 20分 | 何分 | なんぷん | 幾分 |

4時55分／5時5分前
よ じ ごじゅうごふん　ご じ ご ふん まえ

4點55分／再5分鐘就5點

6時10分
ろく じ じゅっぷん

6點10分

# 第6課 話す（はな）



## 単語・表現（たんご・ひょうげん） 

### ❖ 会話（かいわ） ❖

| | | |
|---|---|---|
| 1. はなします | 話します | 說話、談論 |
| 2. かこ | 過去 | 過去 |
| 3. できごと | 出来事 | 發生的事情 |
| 4. ひるやすみ | 昼休み | 午休 |
| 5. どうりょう | 同僚 | 同事 |
| 6. しゅうまつ | 週末 | 週末 |
| 7. どこかへ | | （去）什麼地方 |
| 8. かぞく | 家族 | 家人 |
| 9. ちかく | 近く | 附近 |
| 10. こうよう | 紅葉 | 楓葉 |
| 11. あき | 秋 | 秋天 |
| 12. した | 下 | 下面 |
| 13. こども | 子ども | 孩子 |
| 14. ～たち | | ～們 |
| 15. サイクリング | | 單車健行 |
| 16. じてんしゃ | 自転車 | 腳踏車 |
| 17. としょかん | 図書館 | 圖書館 |
| 18. ディーブイディー | DVD | DVD |
| 19. きのう | | 昨天 |
| 20. ～ほん | ～本 | ～部片 |
| 21. め | 目 | 眼睛 |
| 22. つかれます | 疲れます | 疲倦 |
| 23. ぜんぶ | | 全部 |

| | | |
|---|---|---|
| 24. くろさわあきら | 黒澤明 | 黑澤明（人名） |
| 25. おもしろい | | 有趣的 |
| 26. ～だけ | | 只是、只有 |
| 27. すばらしい | | 棒的 |
| 28. なんでも | | 什麼都 |
| 29. すき | 好き | 喜歡 |
| 30. しります | 知ります | 知道 |
| 31. ぜひ | | 一定 |

### ❖ 会話練習（かいわれんしゅう） ❖

| | | |
|---|---|---|
| 1. ゆうえんち | 遊園地 | 遊樂園 |
| 2. にほんりょうり | 日本料理 | 日本料理 |
| 3. テレビゲーム | | 電玩 |
| 4. デパート | | 百貨公司 |
| 5. ハワイ | | 夏威夷 |
| 6. うみ | 海 | 海 |
| 7. シャンハイ | 上海 | 上海 |
| 8. にぎやか（な） | | 熱鬧的 |
| 9. きょうと | 京都 | 京都 |
| 10. しゅっちょう | 出張 | 出差 |
| 11. たいへん（な） | 大変（な） | 辛苦的 |
| 12. ホンコン | | 香港 |
| 13. ほっかいどう | 北海道 | 北海道 |
| 14. いそがしい | 忙しい | 忙碌的 |

## 過去の出来事を話してみましょう。（試著談談過去發生的事吧。） 30

① しました。／しませんでした。

② 家族と（いっしょに）公園へ行きました。／行きませんでした。

③ 紅葉がきれいでした。／きれいじゃありませんでした。きれいじゃなかったです。

④ おもしろかったです。／おもしろくありませんでした。おもしろくなかったです。

⑤ チンさんは日本映画が好きです。

### 昼休み、会社の同僚とお茶を飲みながら　午休時，和公司同事喝茶聊天

**1**

チン：週末はどこかへ行きましたか。

山本：ええ。家族と公園へ行きました。

チン：どこの公園ですか。

山本：うちの近くの公園です。紅葉がとてもきれいでしたよ。

陳　：週末有沒有去什麼地方啊？

山本：有啊，和家人一起去了公園。

陳　：哪裡的公園呢？

山本：我家附近的公園。楓葉很漂亮喔！

チン：そうですか。秋(あき)の公園(こうえん)はきれいでしょうね。

山本(やまもと)：ええ。紅葉(こうよう)の下(した)で子(こ)どもたちとサイクリングをしました。

チン：え？サイク？

山本(やまもと)：サイクリング。自転車(じてんしゃ)に乗(の)りました。

チン：ああ、自転車(じてんしゃ)ですか。それはいいですね。

陳　：這樣啊。秋天的公園應該很漂亮吧！

山本：是啊，我和孩子們在楓葉下單車健行。

陳　：咦？單……。

山本：單車健行，騎腳踏車。

陳　：哦，腳踏車啊！那很不錯呢。

## 2

山本(やまもと)：チンさんは？

チン：わたしは近(ちか)くの図書館(としょかん)へ行(い)きました。

山本(やまもと)：勉強(べんきょう)ですか。

チン：いいえ、勉強(べんきょう)じゃありません。映画(えいが)を見(み)ました。

山本(やまもと)：図書館(としょかん)で？

チン：ええ、図書館(としょかん)にはDVDがたくさんありますから。

山本(やまもと)：ああ、DVDですか。

チン：きのうは3本(さんぼん)も見(み)ました。

山本(やまもと)：3本(さんぼん)！それはすごい！目(め)が疲(つか)れませんでしたか。

チン：ええ、少(すこ)し疲(つか)れました。

山本：陳先生（你）呢？

陳　：我去了附近的圖書館。

山本：去念書嗎？

陳　：不，不是去念書，是去看電影。

山本：在圖書館？

陳　：是的，因為圖書館裡有很多DVD。

山本：哦，是DVD啊。

陳　：昨天看了3部片之多喔。

山本：3部片！那很多耶！眼睛不累嗎？

陳　：是啊，有一點累。

## 3

山本(やまもと)：どんな映画(えいが)を見(み)ましたか。

チン：ぜんぶ黒澤明(くろさわあきら)の映画(えいが)です。

山本(やまもと)：へえー、おもしろかったですか。

チン：ええ、とてもおもしろかったです。黒澤監督(くろさわかんとく)の映画(えいが)はすばらしいですね。

山本(やまもと)：チンさんは日本映画(にほんえいが)が好(す)きですか。

チン：日本映画(にほんえいが)だけじゃありません。映画(えいが)はなんでも好(す)きです。

山本(やまもと)：そうですか。それは知(し)りませんでした。

チン：こんどいっしょに見(み)に行(い)きませんか。

山本(やまもと)：いいですね。ぜひ行(い)きましょう。

山本：看了什麼電影呢？

陳　：全部都是黑澤明的電影。

山本：喔——，有趣嗎？

陳　：嗯，非常有趣呢。黑澤導演的電影真是太棒了。

山本：陳先生喜歡日本電影嗎？

陳　：不只是日本電影，只要是電影都喜歡。

山本：這樣啊，我倒是不知道這件事呢。

陳　：下次要不要一起去看呢？

山本：好啊，我一定要去。

# コミュニケーション・ノート

## 昼休み、会社の同僚とお茶を飲みながら

**1**

### ❖ どこかへ行きましたか。

「どこかへ」用於不確定對方是否去過時。確定對方去過時通常會問「どこへ行きましたか（去了哪裡呢？）」。

### ❖ きれいでしょうね。

「～でしょう」用於說話者在想像某種狀態下發言時，這裡的「ね」是在徵求對方的同意。

例　A：上海蟹を食べました。　A：我吃了上海蟹。
　　B：今の季節の上海蟹はおいしいでしょうね。　B：這個季節的上海蟹應該很好吃吧。

**2**

### ❖ 勉強ですか。

表示「為了念書而去圖書館的嗎？」的意思。

### ❖ 図書館にはＤＶＤがたくさんありますから。

句尾的「から」表示輕微的解釋、說明之意，這裡是在說明之所以說前一句話「（図書館で）映画を見ました」的原因。※ 參考第 7 課文法筆記

### ❖ ３本も

助詞「も」表現出說話者認為很多的心情。關於「～本」的用法請參考文法筆記。

例　バラの花を 50 本も買いました。　買了 50 枝之多的玫瑰花。

### ❖ それはすごい！

「すごい」是イ形容詞「すごいです」的常體。拿掉禮貌體的「です」，可表示驚訝、感嘆等說話者個人的情感，用於和關係較親密的人對話時。

**3**

### ❖ 日本映画だけ

助詞「だけ」表示將事物限定在某範圍之內。

### ❖ ぜひ行きましょう。

「ぜひ」是表示強烈意願的副詞，意為「無論如何都要～」。

# 会話練習 31

青いところと赤いところを①～④に替えて練習しましょう。
練習將塗色部分代換為①～④的詞彙。

**1**

A：きのうはどこかへ行きましたか。
B：ええ。近くの公園へ行きました。
A：そうですか。
B：Aさんは？
A：わたしはどこへも行きませんでした。
B：そうですか。

A：昨天有去什麼地方嗎？
B：嗯，去了附近的公園。
A：這樣啊。
B：A先生（小姐）呢？
A：我哪裡都沒去。
B：這樣啊。

① 図書館 →　② 動物園 →
③ 遊園地 →　④ 映画館 →

**2**

A：きのう、なにをしましたか。
B：テニスをしました。
A：だれとしましたか。
B：子どもとしました。
A：そうですか。

A：昨天做了什麼嗎？
B：打了網球。
A：和什麼人打呢？
B：和孩子一起打。
A：這樣啊。

① 映画を見ます／見ます／友だちと見ます →
② 日本料理を食べます／食べます／田中さんと食べます →
③ テレビゲームをします／します／子どもとします →
④ デパートへ行きます／行きます／友だちと行きます →

③-1 A：公園(こうえん)の紅葉(こうよう)はどうでしたか。
B：とてもきれいでしたよ。
A：そうですか。

A：公園的楓葉如何？
B：很漂亮喔。
A：這樣啊。

① ハワイの海(うみ)／きれいです →　② 上海(シャンハイ)／にぎやかです →
③ 京都(きょうと)／静(しず)かです →　④ 出張(しゅっちょう)／大変(たいへん)です →

③-2 A：公園(こうえん)の紅葉(こうよう)はどうでしたか。
B：あまりきれいじゃなかったですよ。
A：そうですか。

A：公園的楓葉如何？
B：不太漂亮啊。
A：這樣啊。

① ハワイの海(うみ)／きれいです →　② 上海(シャンハイ)／にぎやかです →
③ 京都(きょうと)／静(しず)かです →　④ 出張(しゅっちょう)／大変(たいへん)です →



④-1 A：映画(えいが)はどうでしたか。
B：とてもおもしろかったですよ。
A：そうですか。

A：電影如何？
B：很有趣喔！
A：這樣啊。

① パーティー／おもしろいです →　② ホンコン／暑(あつ)いです →
③ 北海道(ほっかいどう)／寒(さむ)いです →　④ 仕事(しごと)／忙(いそが)しいです →

④-2 A：映画(えいが)はどうでしたか。
B：あまりおもしろくなかったですよ。
A：そうですか。

A：電影如何？
B：不太有趣啊。
A：這樣啊。

① パーティー／おもしろいです →　② ホンコン／暑(あつ)いです →
③ 北海道(ほっかいどう)／寒(さむ)いです →　④ 仕事(しごと)／忙(いそが)しいです →

# 文法ノート(ぶんぽう)

## 1. 動詞丁寧体の過去形(どうしていねいたい　かこけい)

動詞「マス」形的過去式變化是將「～ます」改為「～ました」。否定過去式則為「～ませんでした」。

| 肯定(こうてい) | | | 否定(ひてい) | | |
|---|---|---|---|---|---|
| 行(い)きます | → | 行(い)きました | 行(い)きません | → | 行(い)きませんでした |
| 去 | → | 去了 | 不去 | → | 沒有去 |
| 起(お)きます | → | 起(お)きました | 起(お)きません | → | 起(お)きませんでした |
| 起床 | → | 起床了 | 不起床 | → | 沒有起床 |
| します | → | しました | しません | → | しませんでした |
| 做 | → | 做了 | 不做 | → | 沒有做 |

## 2. イ形容詞の過去形(けいようし　かこけい)

イ形容詞的過去式變化為「～いです」改成「～かったです」，否定過去式則有「～ありませんでした」、「～なかったです」兩種形式。和現在式相同，「～ありませんでした」的用法較為普遍，書寫時也以此用法為多；不過說話時也常用「～なかったです」。

| 肯定(こうてい) | | 否定(ひてい) | |
|---|---|---|---|
| おもしろいです | → おもしろかったです | おもしろくありません | → おもしろくありませんでした |
| 有趣 | →（過去）有趣 | 不有趣 | →（過去）不有趣 |
| | | おもしろくないです | → おもしろくなかったです |
| | | 不有趣 | →（過去）不有趣 |
| 暑(あつ)いです | →暑(あつ)かったです | 暑(あつ)くありません | →暑(あつ)くありませんでした |
| 炎熱 | →（過去）炎熱 | 不熱 | →（過去）不熱 |
| | | 暑(あつ)くないです | →暑(あつ)くなかったです |
| | | 不熱 | →（過去）不熱 |

## 3. ナ形容詞の過去形

ナ形容詞的過去式變化是將「～です」改成「～でした」。否定的過去式有「～じゃありませんでした」和「～じゃなかった」兩種形式。和イ形容詞相同，「～じゃなかったです」在說話時較常用。

| **肯定** | | **否定** | |
|---|---|---|---|
| きれいです | → きれいでした | きれいじゃありません | → きれいじゃありませんでした |
| 漂亮 | →（過去）漂亮 | 不漂亮 | →（過去）不漂亮 |
| | | きれいじゃないです | → きれいじゃなかったです |
| | | 不漂亮 | →（過去）不漂亮 |
| 静かです | → 静かでした | 静かじゃありません | → 静かじゃありませんでした |
| 安靜 | →（過去）安靜 | 不安靜 | →（過去）不安靜 |
| | | 静かじゃないです | → 静かじゃなかったです |
| | | 不安靜 | →（過去）不安靜 |



## 4. チンさんは日本映画が好きです。

ナ形容詞「好きです」所形容的對象用助詞「が」來表示。

例　田中さんは日本酒が好きです。　　田中先生喜歡日本酒。

## 5. DVDを3本も見ました。

日語中習慣在計算名詞時加上「～本（～根）」之類的數量詞。「～本」用來計算筆之類細長的物體，由於電影的膠卷也是細長一條，所以電影也用「～本（～部）」來計算，而錄影帶和DVD也跟著用「～本」。要注意數量詞置於句中的位置。

例　ペンが3本あります。　　有3枝筆。

紙が5枚あります。　　有5張紙。

本が3冊あります。　　有3本書。

車が2台あります。　　有2輛車。

### 6. 家族と行きました。

助詞「と」表示共同行動的對象，意思等同於「～といっしょに」。

例　夫と映画を見ました。　和先生一起看了電影。

友だちと京都へ行きました。　和朋友一起去了京都。

## 発音練習 32

**CDを聞いてくり返してください。太字部分が高くなります。**

請重複聆聽CD。注意粗體字部分音調較高。

① **ぜ**んぶ、**か**ぞく、**ハ**ワイ／し**ごと**、しゅ**っちょう**

② **き**れいでした、**し**ずかでした／に**ぎ**やかでした／た**いへんで**した

③ **あ**つかったです、**さ**むかったです

④ い**そがし**かったです、お**もしろ**かったです

## 聞き取りクイズ 33

**CDを聞いて質問に答えなさい。録音スクリプトと解答は巻末を見てください。**

聽CD回答以下問題。CD內容及問題解答請參考書末附錄。

問１）山田さんはどこへ行きましたか。→

問２）山田さんは買い物をしましたか。→

問３）山田さんはお金を使いましたか。→

問４）キンさんのお国はどこですか。→

問５）キンさんはお土産を買いましたか。→

※ 夏休み：暑假
　妻：妻子
　お金：錢

**CDのあとにくり返して話してみましょう。**

跟著CD練習說說看。

# 日本語お役立ち情報

### ☆助数詞－数の数え方－／数量詞—計算数量的説法—

| | 東西 | | 水果 | | 人 | | 薄片狀的物體 | |
|---|---|---|---|---|---|---|---|---|
| | …つ | | …個 | | …人 | | …枚 | |
| 1 | ひとつ | 1つ | いっこ | 1個 | ひとり | 1人 | いちまい | 1枚 |
| 2 | ふたつ | 2つ | にこ | 2個 | ふたり | 2人 | にまい | 2枚 |
| 3 | みっつ | 3つ | さんこ | 3個 | さんにん | 3人 | さんまい | 3枚 |
| 4 | よっつ | 4つ | よんこ | 4個 | よにん | 4人 | よんまい | 4枚 |
| 5 | いつつ | 5つ | ごこ | 5個 | ごにん | 5人 | ごまい | 5枚 |
| 6 | むっつ | 6つ | ろっこ | 6個 | ろくにん | 6人 | ろくまい | 6枚 |
| 7 | ななつ | 7つ | ななこ | 7個 | ななにん/しちにん | 7人 | ななまい | 7枚 |
| 8 | やっつ | 8つ | はちこ | 8個 | はちにん | 8人 | はちまい | 8枚 |
| 9 | ここのつ | 9つ | きゅうこ | 9個 | きゅうにん/くにん | 9人 | きゅうまい | 9枚 |
| 10 | とお | 10 | じゅっこ（じっこ） | 10個 | じゅうにん | 10人 | じゅうまい | 10枚 |
| 11 | じゅういち | 11 | じゅういっこ | 11個 | じゅういちにん | 11人 | じゅういちまい | 11枚 |
| 20 | にじゅう | 20 | にじゅっこ | 20個 | にじゅうにん | 20人 | にじゅうまい | 20枚 |
| ? | いくつ | 幾つ | なんこ | 何個 | なんにん | 何人 | なんまい | 何枚 |

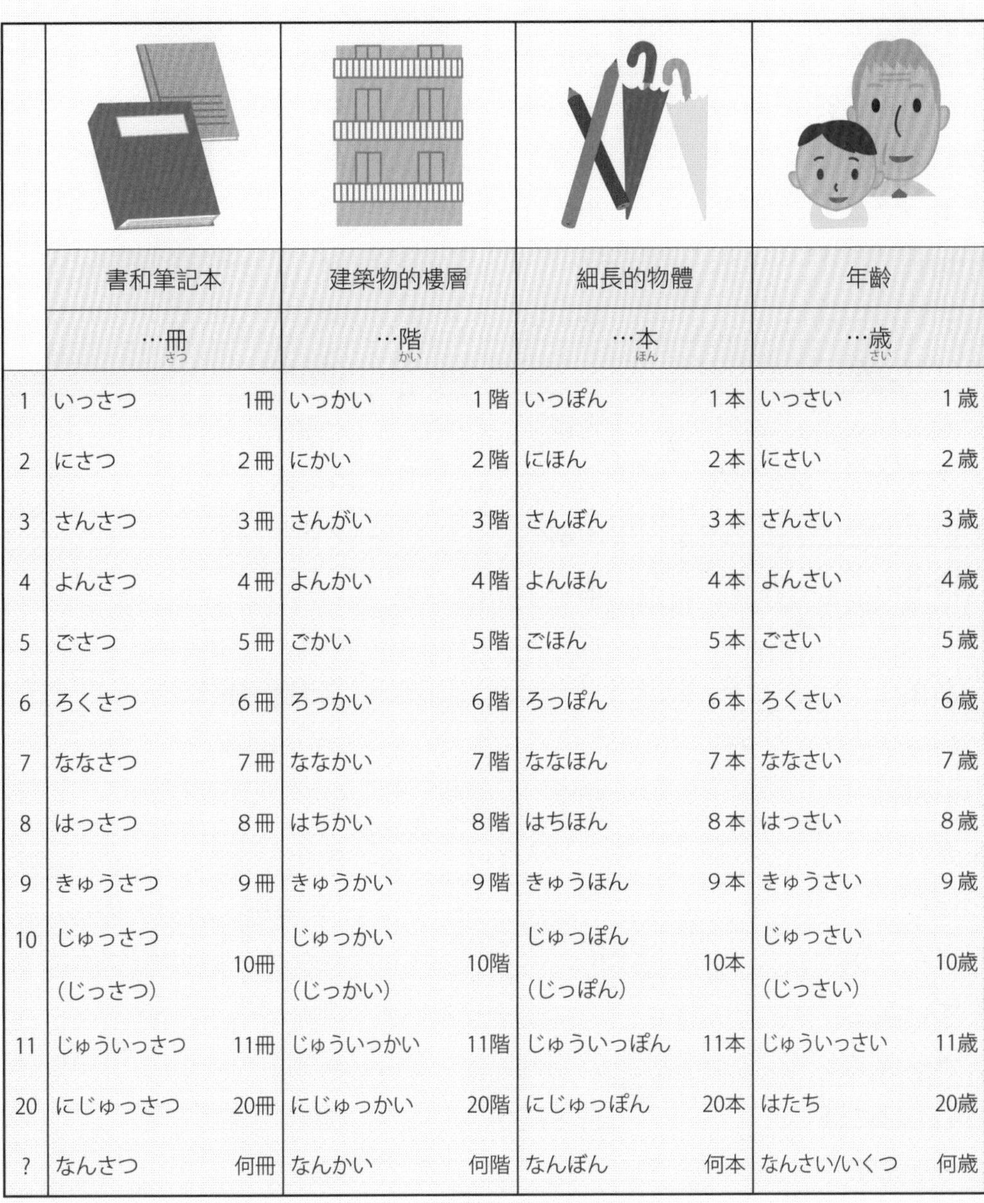

| | 書和筆記本 | | 建築物的樓層 | | 細長的物體 | | 年齡 | |
|---|---|---|---|---|---|---|---|---|
| | …冊(さつ) | | …階(かい) | | …本(ほん) | | …歳(さい) | |
| 1 | いっさつ | 1冊 | いっかい | 1階 | いっぽん | 1本 | いっさい | 1歳 |
| 2 | にさつ | 2冊 | にかい | 2階 | にほん | 2本 | にさい | 2歳 |
| 3 | さんさつ | 3冊 | さんがい | 3階 | さんぼん | 3本 | さんさい | 3歳 |
| 4 | よんさつ | 4冊 | よんかい | 4階 | よんほん | 4本 | よんさい | 4歳 |
| 5 | ごさつ | 5冊 | ごかい | 5階 | ごほん | 5本 | ごさい | 5歳 |
| 6 | ろくさつ | 6冊 | ろっかい | 6階 | ろっぽん | 6本 | ろくさい | 6歳 |
| 7 | ななさつ | 7冊 | ななかい | 7階 | ななほん | 7本 | ななさい | 7歳 |
| 8 | はっさつ | 8冊 | はちかい | 8階 | はちほん | 8本 | はっさい | 8歳 |
| 9 | きゅうさつ | 9冊 | きゅうかい | 9階 | きゅうほん | 9本 | きゅうさい | 9歳 |
| 10 | じゅっさつ<br>(じっさつ) | 10冊 | じゅっかい<br>(じっかい) | 10階 | じゅっぽん<br>(じっぽん) | 10本 | じゅっさい<br>(じっさい) | 10歳 |
| 11 | じゅういっさつ | 11冊 | じゅういっかい | 11階 | じゅういっぽん | 11本 | じゅういっさい | 11歳 |
| 20 | にじゅっさつ | 20冊 | にじゅっかい | 20階 | にじゅっぽん | 20本 | はたち | 20歳 |
| ? | なんさつ | 何冊 | なんかい | 何階 | なんぼん | 何本 | なんさい/いくつ | 何歳 |

# 第7課 希望を伝える

傳達期望

## 単語・表現 34

### ❖ 会話 ❖

| | | |
|---|---|---|
| 1. きぼう | 希望 | 期望 |
| 2. つたえます | 伝えます | 傳達、轉告 |
| 3. じぶん | 自分 | 自己 |
| 4. あいて | 相手 | 對方 |
| 5. あれ | | 咦 |
| 6. あたらしい | 新しい | 新的 |
| 7. プリンター | | 印表機 |
| 8. せんしゅう | 先週 | 上禮拜 |
| 9. スタイリッシュ（な） | | 時髦的 |
| 10. いんさつ | 印刷 | 列印 |
| 11. はやい | 速い | 快的 |
| 12. おと | 音 | 聲音 |
| 13. あまり～ない | | 沒什麼、不太 |
| 14. レーザープリンター | | 雷射印表機 |
| 15. いんじ | 印字 | 印字 |
| 16. きれい | | 清楚 |
| 17. ほら | | （吸引他人注意時）看！ |
| 18. ほんとう | | 真的 |
| 19. ずいぶん | | 相當 |
| 20. ポータブル | | 攜帶式 |
| 21. もちはこび | 持ち運び | 搬運、攜帶 |
| 22. できます | | 能夠 |
| 23. がめん | 画面 | 畫面 |

24. けっこう　　相当
25. うつります　映ります　顯像
26. つぎ　次　下一個
27. ひ　日　日子

## ❖ 会話練習（かいわれんしゅう） ❖

1. おいしい　　好吃的
2. にほんご　日本語　日語
3. むずかしい　　困難的
4. たのしい　楽しい　好玩的、快樂的
5. フランスご　フランス語　法語
6. じょうず（な）　上手（な）　擅長的、高明的
7. ダンス　　舞蹈
8. おどります　踊ります　跳（舞）
9. しょくじ　食事　用餐
10. コピー　　影印
11. ホテル　　飯店
12. よやく　予約　預約
13. コンサートチケット　　音樂會的票
14. インターネット　　網際網路
15. セーター　　毛衣
16. スーツ　　套裝
17. ちゅうかりょうり　中華料理　中華料理
18. ゴルフ　　高爾夫球
19. ならいます　習います　學習
20. しゃこうダンス　社交ダンス　交際舞

## 自分の希望を相手に伝えましょう。（試著將自己的期望傳達給對方吧。） 35

① 速くて便利です。 ② 静かできれいです。 ③ きれいに映ります。
④ 買いたいです。／買いたいんですけど。 ⑤ ほしいんです。
⑥ ポータブルですから、持ち運びができます。

### 会社で　在公司

山本：あれ？チンさん、新しいプリンターですね。
チン：ええ。先週、買いました。
山本：小さくてスタイリッシュですね。
チン：ええ。印刷もとても速くて便利ですよ。
山本：音があまりしませんね。
チン：ええ、レーザープリンターですから。
山本：ああ、レーザーですか。印字はどうですか。
チン：印字もとてもきれいですよ。ほら。
山本：ほんとうだ。静かできれいなプリンターですか。いいですね。

山本：咦？陳先生，（那）是新的印表機吧？
陳　：是啊，上個禮拜買的。
山本：體積很小很時髦呢！
陳　：是啊，列印也很快速，很方便喔。
山本：好像沒什麼聲音嘛。
陳　：是啊，因為是雷射印表機。
山本：喔，是雷射印表機啊。印字怎麼樣？
陳　：印字也十分清楚呢！你看！
山本：真的呢。安靜又印得清楚的印表機，真不錯呢！

## 電車の中で　在電車裡

チン：それ、なんですか。

山本：DVD プレーヤーです。

チン：へぇ、ずいぶん小さいですね。

山本：ええ、ポータブルですから、持ち運びできますよ。

チン：小さくて便利ですね。

山本：ええ。画面もけっこうきれいに映りますよ。

チン：いいですね。

陳　：那是什麼？
山本：是 DVD 放映機。
陳　：哦，（體積）相當小嘛！
山本：是啊，因為是攜帶式的，所以可以帶著走。
陳　：小小的真方便呢。
山本：是啊，畫面也很清楚呢。
陳　：真不錯啊！

7課

## 次の日、会社で　隔天，在公司

山本：チンさん、ぼくもレーザープリンターを買いたいんですけど。

チン：あ、そうですか。

山本：それ、どこで買いましたか。

チン：秋葉原ですよ。わたしもポータブルの DVD プレーヤーがほしいんですが。

山本：じゃあ、こんどの週末、いっしょに秋葉原へ行きませんか。

チン：ええ、そうしましょう。

山本：陳先生，我也想買台雷射印表機……。
陳　：啊，這樣啊。
山本：那個，是在哪裡買的呢？
陳　：秋葉原啊。我也想要攜帶式的 DVD 放映機……。
山本：那這個週末要不要一起去秋葉原呢？
陳　：好啊，就這麼決定吧！

# コミュニケーション・ノート

## 会社で

### ❖ あれ？

用於表示吃驚或懷疑的感嘆詞，句尾語調上揚。

例　あれ？雪ですよ。　　咦？下雪了啊！

### ❖ 音がありしませんね。

副詞「あまり」之後必須接否定詞彙，「あまり……しません」表示「たいして……ない（沒什麼……）」、「それほど……ない（不那麼……）」的意思。

### ❖ 印字はどうですか。

「～はどうですか」是針對「～」的情況、狀態詢問對方觀感時的說法。

例
A：日本の生活はどうですか。　　A：日本的生活如何呢？
B：とてもおもしろいです。　　B：非常有趣。

A：新しい車はどうですか。　　A：新車如何呢？
B：とても調子がいいですよ。　　B：狀況非常好喔。

### ❖ ほら。

用於吸引對方注意某件事物時。

### ❖ ほんとうだ。

在確認對方所說內容時使用常體，有表示自己接受、認同的意思。

例
A：ほら、星がきれいですよ。　　A：看！星星很漂亮呢！
B：ほんとうだ。　　B：真的耶！

A：ほら、あそこに鯨がいますよ。　　A：看！那裡有鯨魚呢！
B：ほんとうだ。　　B：真的耶！

## 電車の中で

### ❖ 持ち運びできますよ。

是「持ち運びができます」省略「が」的説法。關於「～（が）できます」的用法，請參考文法筆記。

### ❖ けっこう

表示「雖然不是非常，但也相當地……」的副詞。

例

A：映画は、どうでしたか。　A：電影如何呢？
B：評判はあまりよくなかったですが、けっこうおもしろかったですよ。　B：雖然評價不怎麼好，但還滿有趣的。

## 次の日、会社で

### ❖ レーザープリンターを買いたいんですけど。／DVD プレーヤーがほしいんですが。

「～たいんです」、「～ほしいんです」用來向對方表達自己想做的事、想要的東西。在強烈表示自身期望的「～たいんです」、「～ほしいんです」之後接「が……／けど……」，可讓會話語氣較為緩和。關於「たいです」，請參照文法筆記。

例

A：あの、すみません。　A：不好意思，麻煩一下。
B：はい。いらっしゃいませ。　B：是的，歡迎光臨。
A：プリンターがほしいんですけど。　A：我想要印表機……。
B：プリンターは2階です。　B：印表機在二樓。

A：新宿駅へ行きたいんですが。　A：我想去新宿站……。
B：新宿駅は中央線ですよ。　B：新宿站在中央線上喔。

### ❖ それ、どこで買いましたか。

即「それはどこで買いましたか」省略了助詞「は」的説法。這裡是將「どこでそれを買いましたか」的「それを」變成主題置於句首，所以助詞變成表示主題的「は」。

# 会話練習 36

青いところと赤いところを①～④に替えて練習しましょう。

練習將塗色部分代換為①～④的詞彙。

**1**-1 A：新しいプリンターはどうですか。

B：速くて、便利ですよ。

A：そうですか。

① 新しい仕事／忙しい、大変 →

② 新しいレストラン／安い、おいしい →

③ 日本語の勉強／むずかしい、楽しい →

④ フランス語の勉強／むずかしい、大変 →

A：新的印表機如何呢？

B：很快，很方便喔！

A：這樣啊。

**1**-2 A：DVD プレーヤーはどうですか。

B：きれいに映りますよ。

A：そうですか。

① 液晶テレビ／きれい、映ります →

② レーザープリンター／きれい、印刷できます →

③ パクさんの日本語／上手、話します →

④ イルカのダンス／上手、踊ります →

A：DVD放映機如何呢？

B：畫面很清楚喔！

A：這樣啊。

❷-1 A：ここで食事(しょくじ)ができますか。
B：はい、できますよ。

A：可以在這裡用餐嗎？
B：可以。

① コピー →　② ホテルの予約(よやく) →
③ コンサートチケットの予約(よやく) →　④ インターネット →

❷-2 A：ここで食事(しょくじ)ができますか。
B：いいえ、できませんよ。

A：可以在這裡用餐嗎？
B：不行。

① コピー →　② ホテルの予約(よやく) →
③ コンサートチケットの予約(よやく) →　④ インターネット →

7 課(か)

❸ A：プリンターがほしいんですけど。
B：ええ。
A：いっしょに買(か)いに行(い)きませんか。
B：いいですよ。行(い)きましょう。

A：我想要印表機……。
B：嗯。
A：要不要一起去買呢？
B：好啊，一起去吧。

① 新(あたら)しいパソコン／見(み)ます →　② 新(あたら)しいセーター／買(か)います →
③ 新(あたら)しい携帯電話(けいたいでんわ)／見(み)ます →　④ デジタルカメラ／買(か)います →

❹ A：プリンターを買(か)いたいんですけど。
B：ええ。
A：いっしょに買(か)いに行(い)きませんか。
B：いいですよ。行(い)きましょう。

A：我想買印表機……。
B：嗯。
A：要不要一起去買呢？
B：好啊，一起去吧。

① スーツを買(か)います／買(か)います →　② 中華料理(ちゅうかりょうり)を食(た)べます／食(た)べます →
③ ゴルフを習(なら)います／習(なら)います →　④ 社交(しゃこう)ダンスを踊(おど)ります／踊(おど)ります →

# 文法ノート

## 1．小さくてスタイリッシュですね。

イ形容詞（「小さい」）後連接其他形容詞（「スタイリッシュ」）時，詞尾要變化成「くて」。

おもしろいです＋楽しいです → おもしろくて楽しいです
有趣＋愉快　有趣又愉快

安いです＋おいしいです → 安くておいしいです
便宜＋好吃　便宜又好吃

忙しいです＋大変です → 忙しくて大変です
忙碌＋辛苦　忙碌又辛苦

広いです＋静かです → 広くて静かです
寬廣＋安靜　寬廣又安靜

## 2．静かできれいなプリンターですか。

ナ形容詞（「静か」）後連接其他形容詞（「きれい」）時，詞尾要變化成「で」。

静かです＋きれいです → 静かできれいです
安靜＋清楚　安靜又清楚

きれいです＋にぎやかです → きれいでにぎやかです
漂亮＋熱鬧　漂亮又熱鬧

スタイリッシュです＋便利です → スタイリッシュで便利です
時髦＋方便　時髦又方便

## 3．きれいに映ります

ナ形容詞（「きれい」）修飾動詞時，詞尾變化成「に」。

上手です＋話します → 上手に話します
高明＋說話　高明地說話

静かです＋歩きます → 静かに歩きます
安靜＋走路　安靜地走路

元気です＋遊びます　→　元気に遊びます
有精神＋玩　→　有精神地玩

### 4．持ち運びができます。

「～ができます」用於表示「～することが可能だ（能夠～）」的意思。

例　この部屋で食事ができます。／コンビニで旅行の予約ができます。
　　可以在這個房間裡用餐。／可以在便利商店預約旅遊行程。

A：この料理は、持ち帰りができますか。　A：這道菜可以帶走嗎？
B：はい、できます。／いいえ、できません。　B：可以。／不行。

### 5．ポータブルですから、持ち運びができます。

連接兩個句子的「～から」表示順接，通常指前句為後句的原因或理由。

例　駅から近いですから便利です。　因為距離車站近，所以很方便。
　　東京の夏はむし暑いですから、大変です。　東京的夏天悶熱，所以很難受。

### 6．買いたいです。

「動詞＋たいです」表示說話者的願望和期望，變化方式為將動詞マス形的「ます」改成「たいです」。因為主詞一定是第一人稱，故通常省略「わたしは」之類的主詞。另外，改成疑問句時，主詞一定是第２人稱，因此也常省略「あなた」等主詞。否定形有「～たくないです／たくありません」兩種，活用變化和イ形容詞相同。

話します　→　話したいです　　說　→　想說
します　→　したいです　　做　→　想做
食べます　→　食べたいです　　吃　→　想吃
来ます　→　来たいです　　來　→　想來

（わたしは）留学したいです。　（我）想留學。
（わたしは）休みたいです。　（我）想休息。
行きたくないです／行きたくありません。　不想去／不想去。

A：なにを飲みたいですか。　A：想喝什麼？
B：ビールを飲みたいです。　B：想喝啤酒。

A：なにを飲みたいですか。　　A：想喝什麼？
B：なにも飲みたくないです／飲みたくありません。　　B：什麼都不想喝／不想喝。

A：なにを買いたいですか。　　A：想買什麼？
B：セーターを買いたいです。　　B：想買毛衣。

A：なにを買いたいですか。　　A：想買什麼？
B：なにも買いたくないです／買いたくありません。　　B：什麼都不想買／不想買。

## 7. ほしいんですけど。／買いたいんですが。

「～んです」接在謂語的常體之後，用於向聽者說明狀況、理由或強調時。這裡接在「～たいです」、「ほしいです」這種イ形容詞後，表示向對方傳達自己的期望和願望。此外，「～んです」也可接在ナ形容詞或動詞原形（字典形）之後，詳細規則請參考第 10 課文法筆記。

忙しいです　→　忙しいんです　　很忙　→（因為）很忙
うれしいです　→　うれしいんです　　高興　→（因為）高興
さびしいです　→　さびしいんです　　寂寞　→（因為）寂寞

## 発音練習 37

CDを聞いてくり返してください。太字部分が高くなります。

請重複聆聽CD。注意粗體字部分音調較高。

① **に**もつ／か**んじ**、く**るま**

② **け**っこう、**は**やくて、**し**ずかで、**き**れいに／い**んさつ**、しゅ**うまつ**／で**きま**す

③ う**つりま**す、お**くりま**す、な**らいま**す／プ**リンター**／**ポ**ータブル／い**きた**いです

④ ほ**し**いんです／か**いた**いんですけど／**ほ**しかったんです

## 聞き取りクイズ 38

CDを聞いて、質問に答えなさい。録音スクリプトと解答は巻末を見てください。

聽CD回答以下問題。CD內容及問題解答請參考書末附錄。

（会社で）

問1）女の人は社交ダンスをしますか。→

問2）男の人は社交ダンスをしますか。→

問3）女の人は、なんと言って男の人を誘いましたか。→

問4）女の人が見た映画はどうでしたか。→

※勇気がいります：需要勇氣

CDのあとにくり返して話してみましょう。

跟著CD練習說說看。

# 練習（第１課～第７課）

**1．例にならって文を作りなさい。／仿照例句完成句子。**

※　第１課参照

例：田中さん、会社員　→　田中さんは会社員です。

田中さん、国、日本　→　田中さんの国は日本です。

①　キムさん、銀行員

→ ________________________________。

②　キムさん、国、韓国

→ ________________________________。

③　チンさん、研修生

→ ________________________________。

④　チンさん、国、台湾

→ ________________________________。

⑤　リーさん、弁護士

→ ________________________________。

⑥　リーさん、国、中国

→ ________________________________。

⑦　マリーさん、医者(いしゃ)

→ ＿＿＿＿＿＿＿＿＿＿＿＿＿＿＿＿＿＿＿＿。

⑧　マリーさん、国(くに)、フランス

→ ＿＿＿＿＿＿＿＿＿＿＿＿＿＿＿＿＿＿＿＿。

練習(れんしゅう)

**2．絵(え)を見(み)て、例(れい)にならって練習(れんしゅう)しなさい。／看圖仿照例句練習。**

※　第(だい)2課(か)参照(さんしょう)

例(れい)：洗剤(せんざい) →

A：洗剤(せんざい)はどこですか。

B：トイレットペーパーのとなりです。

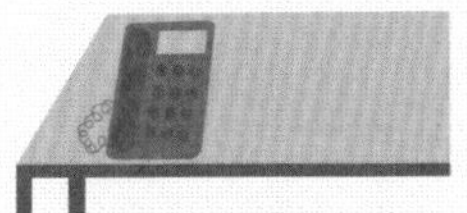

※つくえ：桌子

①　電話(でんわ) →

A：＿＿＿＿＿＿＿＿＿＿＿＿＿＿＿＿＿＿＿＿。

B：＿＿＿＿＿＿＿＿＿＿＿＿＿＿＿＿＿＿＿＿。

②　ビール →

A：＿＿＿＿＿＿＿＿＿＿＿＿＿＿＿＿＿＿＿＿。

B：＿＿＿＿＿＿＿＿＿＿＿＿＿＿＿＿＿＿＿＿。

③　たまご →

A：＿＿＿＿＿＿＿＿＿＿＿＿＿＿＿＿＿＿＿＿。

B：＿＿＿＿＿＿＿＿＿＿＿＿＿＿＿＿＿＿＿＿。

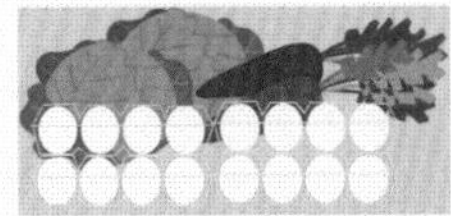

④　野菜(やさい) →

A：＿＿＿＿＿＿＿＿＿＿＿＿＿＿＿＿＿＿＿＿。

B：＿＿＿＿＿＿＿＿＿＿＿＿＿＿＿＿＿＿＿＿。

## 3．絵を見て、答えなさい。／看圖回答問題。

※　第２課参照

105円　①　いくらですか。

→ ＿＿＿＿＿＿＿＿＿＿。

600円　②　いくらですか。

→ ＿＿＿＿＿＿＿＿＿＿。

800円　③　いくらですか。

→ ＿＿＿＿＿＿＿＿＿＿。

2300円　④　いくらですか。

→ ＿＿＿＿＿＿＿＿＿＿。

50000円　⑤　いくらですか。

→ ＿＿＿＿＿＿＿＿＿＿。

## 4．次の会話の＿＿＿に適当なことばを入れなさい。／在下面會話的＿＿＿處填上適當的詞彙。

※　第１課・第２課参照

①　A：はじめまして、チンです。どうぞよろしく。

　　B：＿＿＿＿＿＿＿＿＿＿、田中です。どうぞよろしく。

②　A：チンさんは学生ですか。

　　B：＿＿＿＿＿＿＿＿＿＿、研修生です。

③　A：チンさんの＿＿＿＿＿＿＿＿＿＿？

　　B：台湾です。

④　A：すみません、洗剤はどこに＿＿＿＿＿＿＿＿＿＿。

　　B：レジのまえです。

⑤　A：このタオルは＿＿＿＿＿＿＿＿＿＿。

　　B：500円です。

⑥　A：じゃ、これ＿＿＿＿＿＿＿＿＿＿。

　　B：ありがとうございます。

## 5．例(れい)にならって、練習(れんしゅう)しなさい。／仿照例句練習。

※　第(だい)3課参照(かさんしょう)

例(れい)：小(ちい)さいカメラ　→　このカメラは小(ちい)さいです。　静(しず)かな街(まち)→街(まち)は静(しず)かです。

① 大(おお)きいタオル　→ ________________。

② 新(あたら)しい財布(さいふ)☆　→ ________________。

③ おいしいケーキ → ________________。

④ 赤(あか)いりんご☆　→ ________________。

⑤ 元気(げんき)な子(こ)ども　→ ________________。

⑥ きれいな花(はな)　→ ________________。

⑦ にぎやかな街(まち)　→ ________________。

※財布(さいふ)：錢包
※赤(あか)い：紅色
※りんご：蘋果

## 6．絵(え)を見(み)て次(つぎ)の会話(かいわ)の______に適当(てきとう)なことばを入(い)れなさい。

**看圖在下面會話的______處填上適當的詞彙。**

※　第(だい)3・6・7課参照(かさんしょう)

① A：このカメラは小(ちい)さいですか。

B：いいえ、________________。

② A：街(まち)はにぎやかですか。

B：いいえ、________________。

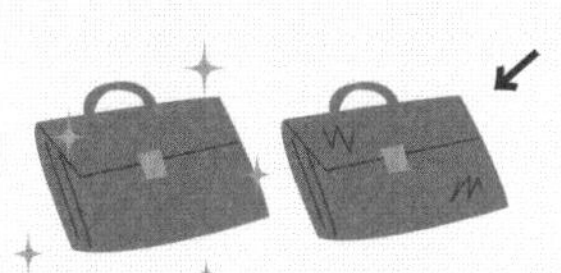

③ A：このかばんは新(あたら)しいですか。

B：いいえ、________________。

練習(れんしゅう)

④　A：この部屋(へや)はきれいですか。

　　B：いいえ、＿＿＿＿＿＿＿＿＿＿＿＿＿＿＿＿＿＿＿＿。

⑤　A：キムさんは学生(がくせい)ですか。

　　B：いいえ、＿＿＿＿＿＿＿＿＿＿＿＿＿＿＿＿＿＿＿＿。

⑥　A：なにを飲(の)みたいですか。

　　B：なにも＿＿＿＿＿＿＿＿＿＿＿＿＿＿＿＿＿＿＿＿。

⑦　A：出張(しゅっちょう)は大変(たいへん)でしたか。

　　B：いいえ、＿＿＿＿＿＿＿＿＿＿＿＿＿＿＿＿＿＿＿＿。

## 7．例(れい)にならって練習(れんしゅう)しなさい。／仿照例句練習。

※　第(だい)4・5課(か)参照(さんしょう)

例(れい)：行(い)きます　→　行(い)きません　→　行(い)きませんか　→　行(い)きましょう

①　買(か)います　→　＿＿＿＿＿＿　→　＿＿＿＿＿＿　→　＿＿＿＿＿＿

②　飲(の)みます　→　＿＿＿＿＿＿　→　＿＿＿＿＿＿　→　＿＿＿＿＿＿

③　見(み)ます　→　＿＿＿＿＿＿　→　＿＿＿＿＿＿　→　＿＿＿＿＿＿

④　食(た)べます　→　＿＿＿＿＿＿　→　＿＿＿＿＿＿　→　＿＿＿＿＿＿

⑤　起(お)きます　→　＿＿＿＿＿＿　→　＿＿＿＿＿＿　→　＿＿＿＿＿＿

⑥　寝(ね)ます　→　＿＿＿＿＿＿　→　＿＿＿＿＿＿　→　＿＿＿＿＿＿

⑦　します　→　＿＿＿＿＿＿　→　＿＿＿＿＿＿　→　＿＿＿＿＿＿

**8．例にならって練習しなさい。／仿照例句練習。**

※　第５課参照

例：今日は忙しいです＋明日はひまです

→　今日は忙しいですけど、明日はひまです。

①　土曜日は忙しいです＋日曜日はひまです

→ ＿＿＿＿＿＿＿＿＿＿＿＿＿＿＿＿＿＿＿＿＿＿＿＿＿＿＿。

②　木村さんは来ます＋山本さんは来ません

→ ＿＿＿＿＿＿＿＿＿＿＿＿＿＿＿＿＿＿＿＿＿＿＿＿＿＿＿。

③　田中さんは会社員です＋チンさんは研修生です

→ ＿＿＿＿＿＿＿＿＿＿＿＿＿＿＿＿＿＿＿＿＿＿＿＿＿＿＿。

※明日：明天

※ひま（な）：有空閒的

**9．（　　）の中から適当なものを選びなさい。／從（　　）中選出適當的答案。**

※　第３～７課参照

①　あそこに大きい建物が（a．あります　b．います　c．します）。

②　あそこに田中さんが（a．あります　b．います　c．歩きます）。

③　あの喫茶店にチンさんが（a．います　b．食べます　c．飲みます）。

④　あの喫茶店でチンさんとコーヒーを（a．います　b．食べます　c．飲みます）。

⑤　新宿駅でチンさんと（a．あります　b．います　c．会います）。

⑥　いっしょに映画を見に（a．見ましょう　b．します　c．行きませんか）。

⑦　秋葉原で電子辞書を（a．あります　b．買います　c．行きます）。

⑧　この電車は秋葉原には（a．しません　b．出ません　c．止まりません）。

⑨　液晶テレビが（a．ほしいです　b．買います　c．大変です）。

⑩　おもしろい映画ですから、映画館が（a．います　b．こみます　c．こみません）。

⑪　きのう、田中さんと映画を（a．見ました　b．行きました　c．しました）。

⑫　チンさんは映画がとても（a．行きます　b．好きです　c．見ます）。

⑬　ビールを（a．飲みたいんです　b．ほしいです　c．飲みたいん）けど。

⑭　ここでホテルの予約が（a．ありますか　b．しますか　c．できますか）。

**10.　次の会話の＿＿に適当なことばを入れなさい。／在下面會話的＿＿處填上適當的詞彙。**

※　第３・４・５課参照

①　A：冷たいお茶でも＿＿＿＿＿＿＿＿＿＿＿＿＿＿＿＿。

　　B：ありがとうございます。

②　A：田中さんはどこに＿＿＿＿＿＿＿＿＿＿＿＿＿＿＿＿。

　　B：会議室ですよ。

③　A：すみません。この電車、銀座へ＿＿＿＿＿＿＿＿＿＿＿＿＿＿＿＿。

　　B：はい、行きますよ。

④　A：こんどの日曜日、＿＿＿＿＿＿＿＿＿＿＿＿＿＿＿＿。

　　B：映画を見ます。

⑤　A：はい、もしもし。

　　B：田中さんの＿＿＿＿＿＿＿＿＿＿＿＿＿＿＿＿。

　　A：はい、そうです。

　　B：チンと＿＿＿＿＿＿＿＿＿＿＿＿＿＿＿＿、真理さんお願いします。

⑥　A：いつも＿＿＿＿＿＿＿＿＿＿＿＿＿＿＿＿起きますか。

　　B：７時に起きます。

⑦　A：こんどの土曜日、テニスをしに行きませんか。

　　B：いいですね。＿＿＿＿＿＿＿＿＿＿＿＿＿＿＿＿。

### 11. 絵を見て答えなさい。／看圖回答問題。

※ 第５課参照

① 今なん時ですか。

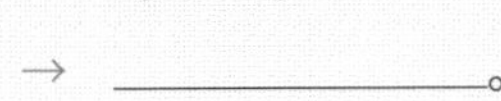

→ ＿＿＿＿＿＿＿＿＿＿。

② 今なん時ですか。

→ ＿＿＿＿＿＿＿＿＿＿。

③ 今なん時ですか。

→ ＿＿＿＿＿＿＿＿＿＿。

④ 今なん時ですか。

→ ＿＿＿＿＿＿＿＿＿＿。

練習

### 12. 例にならって練習しなさい。／仿照例句練習。

※ 第６課参照

例：行きます　→　行きました　　　行きません　→　行きませんでした

① します　→　＿＿＿＿＿＿＿＿　　しません　→　＿＿＿＿＿＿＿＿

② 来ます　→　＿＿＿＿＿＿＿＿　　来ません　→　＿＿＿＿＿＿＿＿

③ 乗ります　→　＿＿＿＿＿＿＿＿　　乗りません　→　＿＿＿＿＿＿＿＿

④ 見ます　→　＿＿＿＿＿＿＿＿　　見ません　→　＿＿＿＿＿＿＿＿

⑤ あります　→　＿＿＿＿＿＿＿＿　　ありません　→　＿＿＿＿＿＿＿＿

⑥ 疲れます　→　＿＿＿＿＿＿＿＿　　疲れません　→　＿＿＿＿＿＿＿＿

### 13. 例にならって練習しなさい。／仿照例句練習。

※ 第６課参照

例：おもしろいです　→　おもしろかったです

おもしろくないです　→　おもしろくなかったです

おもしろくありません　→　おもしろくありませんでした

きれいです　→　きれいでした

きれいじゃないです　→　きれいじゃなかったです

きれいじゃありません　→　きれいじゃありませんでした

① おいしいです → ______________________

おいしくないです → ______________________

おいしくありません → ______________________

② 暑(あつ)いです → ______________________

暑(あつ)くないです → ______________________

暑(あつ)くありません → ______________________

③ 忙(いそが)しいです → ______________________

忙(いそが)しくないです → ______________________

忙(いそが)しくありません → ______________________

④ 静(しず)かです → ______________________

静(しず)かじゃないです → ______________________

静(しず)かじゃありません → ______________________

⑤ にぎやかです → ______________________

にぎやかじゃないです → ______________________

にぎやかじゃありません → ______________________

⑥ 大変(たいへん)です → ______________________

大変(たいへん)じゃないです → ______________________

大変(たいへん)じゃありません → ______________________

**14. 例(れい)にならって練習(れんしゅう)しなさい。／仿照例句練習。**

※ 第(だい)7課(か)参照(さんしょう)

例(れい)：おもしろいです＋楽(たの)しいです → おもしろくて楽(たの)しいです

にぎやかです＋楽(たの)しいです → にぎやかで楽(たの)しいです

① 安(やす)いです＋おいしいです

→ ______________________________。

② 忙しいです＋大変です

→ ＿＿＿＿＿＿＿＿＿＿。

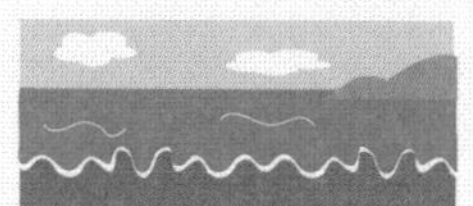

③ 広いです＋静かです

→ ＿＿＿＿＿＿＿＿＿＿。

④ きれいです＋にぎやかです

→ ＿＿＿＿＿＿＿＿＿＿。

⑤ スタイリッシュです＋便利です

→ ＿＿＿＿＿＿＿＿＿＿。

**15. 例にならって練習しなさい。／仿照例句練習。**

※ 第７課参照

例：熱があります＋帰ります → 熱がありますから、帰ります。

① 寒いです＋熱いコーヒーを飲みます

→ ＿＿＿＿＿＿＿＿＿＿。

② 来月テスト☆があります＋勉強します

→ ＿＿＿＿＿＿＿＿＿＿。

③ 仕事が終わりません＋残業します☆

→ ＿＿＿＿＿＿＿＿＿＿。

④ 今日は土曜日です＋銀行は休み☆です

→ ＿＿＿＿＿＿＿＿＿＿。

※ テスト：考試

※ 残業します：加班

※ 休み：休息

# スクリプト

## 聞(き)き取(と)りクイズ

### 第(だい)1課(か)

男(おとこ)：はじめまして、ワンです。

女(おんな)：はじめまして、マリーです。どうぞよろしく。

男(おとこ)：こちらこそ、どうぞよろしく。お国(くに)はアメリカですか？

女(おんな)：いいえ、フランスです。

男(おとこ)：あっ、失礼(しつれい)しました。フランスのどちらですか？

女(おんな)：パリです。ワンさんのお仕事(しごと)は？

男(おとこ)：教師(きょうし)です。

女(おんな)：ああ、先生(せんせい)ですか。

男(おとこ)：ええ、日本語(にほんご)の教師(きょうし)です。マリーさんは？

女(おんな)：わたしは会社員(かいしゃいん)です。

男(おとこ)：そうですか。

### 第(だい)2課(か)

客(きゃく)　：あのう、すみません。ワイン、ありますか。

店員(てんいん)：ワインはちょっと……。

客(きゃく)　：じゃ、ビールはありますか。

店員(てんいん)：はい、ビールはこちらです。

客(きゃく)　：ありがとう。それから、たまごはどこですか。

店員(てんいん)：たまごは、レジのまえにあります。

客(きゃく)　：レジのまえですね。

店員(てんいん)：はい、そうです。

客(きゃく)　：どうも。

### 第(だい)3課(か)

A：いらっしゃい。

B：おじゃまします。わぁ、すてきなお住(す)まいですね。

A：ありがとう。

B：新(あたら)しいですね。

A：ええ、でもせまいですよ。コーヒーでもいかがですか。

B：ありがとうございます。あっ、犬(いぬ)がいますね。

A：ええ、猫(ねこ)もいますよ。

B：へぇ、大(おお)きい犬(いぬ)ですね。

A：ええ、シェパード☆です。

☆ シェパード：狗的一種，德國牧羊犬

### 第(だい)4課(か)

A：すみません。この電車(でんしゃ)、渋谷(しぶや)へ行(い)きますか。

B：渋谷(しぶや)へは行(い)きませんよ。渋谷(しぶや)は山手線(やまのてせん)ですから。

A：山手線(やまのてせん)。

B：ええ。4番(よんばん)ホームです。

A：え？4番(よんばん)ホー……。

B：4番線(よんばんせん)です。あの緑(みどり)☆の電車(でんしゃ)です。

A：ああ、どうもありがとう。

☆ 緑（みどり）：綠色

## 第（だい）5課（か）

A：はい、もしもし。

B：あの、高橋（たかはし）さんのお宅（たく）ですか。

A：はい、そうです。

B：スミスと申（もう）しますが、幸子（さちこ）さんお願（ねが）いします。

A：少々（しょうしょう）、お待（ま）ちください。

C：はい、幸子（さちこ）です。

B：スミスです。こんにちは。

C：ああ、スミスさん、こんにちは。

B：こんどの土曜日（どようび）、マリーさんのうちでパーティーがありますが、幸子（さちこ）さんも来（き）ませんか。

C：わあ、いいですね。

B：ワンさんも来（き）ますから、いっしょに会（あ）いませんか。

C：そうですね。ええと…。

B：わたしたちは、5時（ごじ）ごろ新宿駅（しんじゅくえき）で会（あ）いますが……。

C：5時（ごじ）はちょっと……。

B：じゃあ、6時（ろくじ）はどうですか。

C：6時（ろくじ）はだいじょうぶです。どうもすみません。

B：いいえ。じゃ、こんどの土曜日（どようび）、6時（ろくじ）に新宿駅（しんじゅくえき）で。

C：はい、わかりました。じゃあ、またそのとき。

B：はい、じゃ失礼（しつれい）します。

## 第（だい）6課（か）

A：山田（やまだ）さん、夏休（なつやす）み☆はどうでしたか。

B：妻（つま）☆とハワイへ行（い）きました。

A：わぁー、いいですねー。ハワイの海（うみ）はきれいでしょうね。

B：ええ、とてもきれいでした。

A：買（か）い物（もの）もしましたか。

B：わたしはなにも買（か）いませんでしたが、妻（つま）がね……。

A：じゃあ、お金（かね）☆をたくさん使（つか）いましたね。

B：はあ、大変（たいへん）でした……。キンさんはどうでしたか。

A：わたしは国（くに）へ帰（かえ）りました。

B：あ、台湾（たいわん）ですか。

A：ええ。

B：お国（くに）はどうでしたか。

A：とても楽（たの）しかったです。お土産（みやげ）が大変（たいへん）でしたけど。

B：じゃあ、キンさんもお金（かね）を使（つか）いましたね。

A：ええ、たくさん使（つか）いました。

☆ 夏休（なつやす）み：暑假

☆ 妻（つま）：妻子

☆ お金（かね）：錢

## 第（だい）7課（か）

（会社（かいしゃ）で）

女（おんな）：山田（やまだ）さんは社交（しゃこう）ダンス、しますか。

男（おとこ）：社交（しゃこう）ダンスですか？いいえ、しません。

どうしてですか。

女：わたし、社交ダンス、習いたいんです。

男：へえー。

女：でも、1人じゃ、ちょっと……。

男：ああ、1人じゃ、ちょっと勇気がいります☆ね。

女：だから……山田さんもいっしょに習いに行きませんか。

男：えっ？ぼくが社交ダンス？

女：ええ。映画では、男の人もとても上手に踊りましたよ。

男：はぁ、そうですか。

女：わたしと踊りたくないんですか。

男：い、いいえ、そんなことはありませんが。

女：ねっ、わたしといっしょに楽しく踊りましょうよ。

男：はぁ……、そうですね……。

☆勇気がいります：需要勇氣

# 解答

## 聞き取りクイズ

### 第1課

問1）②
問2）②
問3）①

### 第2課

問1）いいえ、ありません。
問2）はい、あります。
問3）レジのまえにあります／です。

### 第3課

問1）いいえ、新しいです。
問2）いいえ、せまいです。
問3）犬と猫がいます。
問4）いいえ、大きいです。

### 第4課

問1）いいえ、行きません。
問2）４番線です。

### 第5課

問1）パーティーをします。
問2）幸子さんとスミスさんとワンさんが行きます。
問3）（午後）６時です。

### 第6課

問1）ハワイへ行きました。
問2）いいえ、しませんでした。
問3）はい、たくさん使いました。
問4）台湾です。
問5）はい、たくさん買いました。

### 第7課

問1）いいえ、しません。（これから習います。）
問2）いいえ、しません。
問3）山田さんもいっしょに習いに行きませんか。
問4）男の人も（とても）上手に踊りました。

## 練習(れんしゅう)（第(だい)1課(か)～第(だい)7課(か)）

1 ①キムさんは銀行員(ぎんこういん)です
②キムさんの国(くに)は韓国(かんこく)です
③チンさんは研修生(けんしゅうせい)です
④チンさんの国(くに)は台湾(たいわん)です
⑤リーさんは弁護士(べんごし)です
⑥リーさんの国(くに)は中国(ちゅうごく)です
⑦マリーさんは医者(いしゃ)です
⑧マリーさんの国(くに)はフランスです

2 ①A：電話(でんわ)はどこですか
B：つくえの上(うえ)です
②A：ビールはどこですか。
B：ウーロン茶(ちゃ)のとなりです
③A：たまごはどこですか
B：レジのまえです
④A：野菜(やさい)はどこですか
B：たまごのうしろです

3 ① 105円(ひゃくごえん)です
② 600円(ろっぴゃくえん)です
③ 800円(はっぴゃくえん)です
④ 2,300円(にせんさんびゃくえん)です
⑤ 50,000円(ごまんえん)です

4 ①はじめまして
②いいえ
③お国(くに)は
④ありますか
⑤いくらですか
⑥ください

5 ①このタオルは大(おお)きいです
②この財布(さいふ)は新(あたら)しいです
③このケーキはおいしいです
④このりんごは赤(あか)いです。
⑤子(こ)どもは元気(げんき)です
⑥花(はな)はきれいです
⑦街(まち)はにぎやかです

6 ①大(おお)きいです／小(ちい)さくないです／小(ちい)さくありません
②静(しず)かです／にぎやかじゃないです／にぎやかじゃありません
③古(ふる)いです／新(あたら)しくないです／新(あたら)しくありません
④きたないです／きれいじゃないです／きれいじゃありません
⑤会社員(かいしゃいん)です／学生(がくせい)じゃないです／学生(がくせい)じゃありません
⑥飲(の)みたくないです／飲(の)みたくありません
⑦大変(たいへん)じゃなかったです／大変(たいへん)じゃありませんでした

7 ①買(か)いません→買(か)いませんか→買(か)いましょう
②飲(の)みません→飲(の)みませんか→飲(の)みましょう
③見(み)ません→見(み)ませんか→見(み)ましょう
④食(た)べません→食(た)べませんか→食(た)べましょう
⑤起(お)きません→起(お)きませんか→起(お)きましょう
⑥寝(ね)ません→寝(ね)ませんか→寝(ね)ましょう
⑦しません→しませんか→しましょう

8 ①土曜日は忙しいですけど、日曜日はひまです
②木村さんは来ますけど、山本さんは来ません
③田中さんは会社員ですけど、チンさんは研修生です

9 ①a ②b ③a ④c ⑤c ⑥c ⑦b
⑧c ⑨a ⑩b ⑪a ⑫b ⑬a ⑭c

10 ①いかがですか
②いますか
③行きますか
④なにをしますか
⑤お宅ですか／申しますが
⑥なん時に
⑦行きましょう

11 ① １１時です
②３時半です
③９時です
④４時半です

12 ①しました／しませんでした
②来ました／来ませんでした
③乗りました／乗りませんでした
④見ました／見ませんでした
⑤ありました／ありませんでした
⑥疲れました／疲れませんでした

13 ①おいしかったです／おいしくなかったです／おいしくありませんでした
②暑かったです／暑くなかったです／暑くありませんでした
③忙しかったです／忙しくなかったです／忙しくありませんでした
④静かでした／静かじゃなかったです／静かじゃありませんでした
⑤にぎやかでした／にぎやかじゃなかったです／にぎやかじゃありませんでした
⑥大変でした／大変じゃなかったです／大変じゃありませんでした

14 ①安くておいしいです
②忙しくて大変です
③広くて静かです
④きれいでにぎやかです
⑤スタイリッシュで便利です

15 ①寒いですから、熱いコーヒーを飲みます
②来月テストがありますから、勉強します
③仕事が終わりませんから、残業します
④今日は土曜日ですから銀行は休みです

# 索引

## あ



## い

## し



## す



## せ



## そ

## な



## に



## ね



## の



## は

## ひ



## ふ



## へ



## ほ



## ま



## み



## む



## め



## も

## や



## ゆ



## よ



## ら



## り



## れ



## わ

新式樣裝訂專利 請勿仿冒
專利號碼　M249906 號

本書原名 -「初中級会話テキスト」

日常生活日本語　初級上　（附有聲 CD1 片）

2010 年（民 99）2 月 1 日 第 1 版 第 1 刷 發行
2013 年（民 102）11 月 1 日 第 1 版 第 5 刷 發行

定價 新台幣：380 元整

著　　者　川口良
插　　圖　舌霧スズメ
發 行 人　林　寶
責任編輯　石川真帆・加納典効
中文監修　林正成
發 行 所　大新書局
地　　址　台北市大安區 (106) 瑞安街 256 巷 16 號
電　　話　(02)2707-3232・2707-3838・2755-2468
傳　　真　(02)2701-1633・郵政劃撥：00173901
登 記 證　行政院新聞局局版台業字第 0869 號

香港地區　香港聯合書刊物流有限公司
地　　址　香港新界大埔汀麗路 36 號 中華商務印刷大廈 3 字樓
電　　話　(852)2150-2100
傳　　真　(852)2810-4201

copyright © 2007 by Ryo Kawaguchi
「日常生活日本語 初級上」由 川口良 授權。任何盜印版本，即屬違法。版權所有，翻印必究。
ISBN 978-986-6438-28-8 (B143)